U0692044

雪地天使

SNØSØSTEREN

MAJA LUNDE

Illustrated by LISA AISATO

[挪威] 马娅 · 伦德 —— 著　　[挪威] 丽莎 · 艾萨托 —— 绘　　[挪威] 张先先 —— 译

浙江文艺出版社

第一章

现在我要给你讲个故事，一个关于海德薇的故事。我将用这个故事告诉你，她是如何成为我最好的朋友的，而我又是如何失去她的。故事里还有我那名叫六月的姐姐，她虽然已经离去，但我觉得她仍然和我在一起。

当我初次见到海德薇时，她的鼻子紧紧贴在游泳馆的窗户玻璃上，所以我先看到的是她那布满雀斑的鼻子。她一个人站在外面，从外向里张望。雪花飘落在她身上、帽子上、帽子下的红头发上，还有她那厚厚的羊毛外套上。对了，那件羊毛外套也是红色的，就像圣诞老人的衣服，鲜艳，漂亮。

当时我已经游了一会儿了。我经常在这个时候游泳，差不多天天都来，在泳池里游来游去。游的时候，我不是一直把头抬出水面，而是每隔一次划水的动作就抬头呼吸一下，然后再把头沉到水里去。我觉得这样游起来有板有眼，很有规律，抬头吸入空气，手脚配合划水，埋头呼出空气，然后继续划水。游泳时我很少有杂念，关注的只有吸气和呼气、肢体动作和满池的水。我渐渐开始越游越好。当然，如果你每天都游泳的话，随着时间的推移你会越游越快。每当我给自己测速时，都会发现又比从前加快了差不多十分之一秒。

其实，我最开始游泳是由于约翰的缘故，他是我最好的朋友。我们俩都不喜欢踢足球，所以就去游泳了。对了，那天下午，当海德薇出现在窗外时，约翰也在那儿。

他比我晚到了一会儿。我记得他当时站在游泳池边大喊大叫。他盯着水面，好像不敢跳下去。我朝他游了过去，爬上岸走到他身边。

"你好！"约翰说。

"你好！"我也说。

"水凉不凉？"约翰问。

"有点儿凉，和平常差不多。"我说。

"噢。"约翰说。

"外面比这里边更冷。"我说。

"嗯,下雪了。"约翰说。

"是啊。"我说。

然后,我们都没再说什么。我看着自己身上的水珠滴落在蓝色的瓷砖地上,滴答,滴答,滴答。我觉得自己应该再说点儿什么。约翰可能冻得够呛,因为他正用胳膊搂着自己,就像在给自己一个拥抱。他很怕冷,这也不奇怪,因为他瘦得就像一根小细棍儿。他是我们班里个子最矮的,和我一样,这也是我们俩的相像之处。

现在你可能会想,约翰和我交朋友,只是因为我们俩都是矮个子,又都不会踢足球的缘故,我们之间其实并没有什么可谈的,那你可就错了。我俩经常有说不完的话,不过那都是以前的事了。那时候,从上学路上遇到他开始,我们就不停地聊啊聊啊,直到必须上床睡觉为止。和约翰在一起时的我,从来都不用去想自己该说什么。他就像个按钮,只要一碰到这个按钮,我的话就滔滔不绝,生怕稍作停息他的长篇大论就会插进来,让我没机会开口。以前我俩还经常大笑,笑得满地打滚儿,妈妈常说我们真是乐得发了疯,还说我们的笑声是最美妙的音乐,像一串串的白色珍珠从我们身上滚落。

但这些都是过去的事了。自从夏天过后,我们就笑不出来了。每当遇到约翰时,我总得搜肠刮肚地找话说,而且只有三言两语,还常常是有关天气的话题。我从来没有像在这半年里那么爱聊天气,以前我还以为谈论天气只是大人的事情呢。

约翰肯定感到不能总在岸上挨冻了,我也不能再看着自己站在那里滴水了,所以我们一起跳进了游泳池。

我来来回回地游着。约翰就在我附近,但他跟不上我。最近几个月我常常练习,所以我游得比他快。

抬头,吸入,划水,低头,呼出,再划水。

突然,我走神了。我发现游泳池救生员的小屋上布满了圣诞装饰,小屋窗户周围的彩灯都朝着游泳池闪闪发光。

对了,圣诞节,马上就到圣诞节了,这是一年当中最美好的一天……

人们常说圣诞夜是一年中最美好的时光,我同意,而且我还有一个更充分的理由——我是在圣诞夜出生的,所以我的名字叫朱利安,这个名字就取自挪威语里的"圣诞"。今年我十一岁了,应该很开心,可是我一点儿也高兴不起来,而且非常忐忑,不知道今年的圣诞节将会是什么样子。

我想,在你的脑海里肯定已经开始浮现出充满圣诞气氛的计划了。比如你想在哪里过节啦,如何装饰圣诞树啦——你甚至能感到圣诞树的清新——还有圣诞夜晚你将会和谁在一起,等等。另外,你或许会希望过一个和往年差不多的圣诞节。我家以往的圣诞节总是这样度过的:

平安夜那天,等我和姐妹们上床睡觉后,妈妈爸爸就开始装饰圣诞树了。

当我在圣诞日清晨醒来时,总是有点不放心,生怕家里的圣诞树还没被装饰好。通常,我总是小心翼翼地打开自己的房门,然后蹑手蹑脚地走在通往楼梯的地板上。这时我会停下脚步,竖起耳朵听一听,希望能听到圣诞节的声音。壁炉架上的小天使在叮咚作响,壁炉里的木柴声噼里啪啦,还有妈妈为我们播放的歌曲,不是童声合唱《圣诞之夜》就是《美好的大地》。那些男孩子唱得太动听了,聆听时我的身体常会情不自禁地颤抖起来。

听到这些圣诞节的声音后,心满意足的我就会踮着脚尖下楼。走到客厅的门口时,我再次停下脚步。想要闻一闻那圣诞节时特有的圣诞味儿。在我家,你能闻到圣诞树上的松枝,香火架上的熏香,混合着姜饼、柑橘、桂皮和可可奶的味道,没有比这再好闻的了。闻到圣诞节的香味之后,再次得到满足的我终于可以打开客厅的大门了。

每次走进客厅时,我总要先定一定神,眨一眨眼,因为我看到的可不只是被装扮后的客厅,而且还是一个无比舒适、温馨、漂亮和耀眼的房间,一切都显得那么妥帖,我几乎要被惊呆了。这时,爸爸妈妈出现了,他们把我高高举起,祝我圣诞快乐,还有生日快乐,还说:"亲爱的圣诞节宝贝,过来和我们一起喝可可奶,吃圣诞早餐吧!"我的姐妹们围坐在摆满食品的餐桌旁冲我微笑,我们相互祝贺节日快乐。我八月出生的小妹妹就叫"八月",我在家排行老二,圣诞夜出生,至于我姐姐六月,她是几月出生的,应该不难猜吧。

六月,我的姐姐,以前的每个圣诞节她都和我们在一起,但是今年,餐桌边她的座位却是空空的。姐姐已经离开了我们。她已经不在这个世界了,她被埋在了墓地。知道了这一切以后,你就应该能明白,为什么我游泳时,一想到圣诞节就有些发怵了。

我尽量让自己专心游泳,不去想别的。抬头,吸入,划水,低头,呼出,再划水。可是我突然在吸气的时候呛了一口水,水都灌到鼻子和肺里去了。我游到了浅水区,一边咳嗽一边站起来。也就是在站到水里咳嗽的那会儿,我发现了海德薇。她站在外面的雪地上往里张望,那布满雀斑的鼻子紧紧贴在窗户玻璃上,鼻尖都变成白色的了。忽然,她注意到我正在盯着她看,就把身子向窗边移动了一下,并惊奇地望着我。我四处张望,觉得没有别人看到她。约翰还在来回游着,除了水,他什么也没注意到。但是我看到了那个女孩,她也看到了我。现在,她正抬起手臂向我招手呢。

我也向她挥了挥手。然后她笑了起来,这是我见过的最最开心的笑容。

第二章

当我离开游泳池的时候，那个女孩还站在雪地里。这会儿她不是在窗户外，而是在大门口。那红色的羊毛外套被路灯照得直发亮，帽子上的雪花闪着银光。

她从一边到另一边地来回跳着，显然是害怕冻着。当她发现了我的时候，又一次露出了那最最开心的笑容，然后连跑带滑地冲到我面前。

"你可来了！"她说。

"是吗？"我回答。

她只是站在那儿，望着我。我不知说什么好。她显然是一直在等我，可是为什么呢？我见过她吗？我认识她吗？我们上过同一所学校吗？难道她是我在家人聚会时遇到过的表妹或远亲？无数问号在我的脑瓜里乱转，但我还是想不起来她是谁。其实记住她并不难，一张满是雀斑的小脸，碧绿的眼睛在冬日暗夜里发光，始终带着微笑的大嘴，还有门牙之间的大牙缝儿。

"我叫海德薇，"女孩说，"不不，等一等，我必须把自己的全名正式地介绍

给你。

"说起我的名字海德薇……我真希望海德薇的后面还能被连上个什么，比如海德薇·维克多利娅，海德薇·约翰娜，海德薇·鲁丝达，或者海德薇·爱克伦……可这些名字我都没有，我也不能瞎编一个。

"撒谎可不行，特别是在第一次见面的时候更不能撒谎。"

她停下来喘了口气，我也松了口气。像她这样连珠炮似的说下去，如果再不马上吸口气的话，非得憋得晕过去不可。接着，她伸出手来对我说：

"遗憾的是，我叫海德薇·汉森。你可能觉得汉森没什么不好，既简单又好记。我自己也常听人说，汉森这个名字叫起来多方便啊。

"那是因为他们自己可能有一个更棒的名字，所以也就不会去想汉森这个名字听起来是多么枯燥无味了。

"甚至我连一个中间的名字都没有，比如在姓和名之间添个小小的'安娜'或者'爱格'什么的，哪怕有个像'盖尔蒂'这样普通的名字被加在海德薇和汉森之间都行。

"你知道吗，我总在埋怨我的父母亲，埋怨他们当时给我起名字的时候太缺乏想象力。"

"哦，"我说，"是吗……"

再多的话我也说不出来了。我简直不知如何是好。我从来没见过这么滔滔不绝的人。

突然，她把手伸向了我，我也急忙伸出手去。

"我叫朱利安，"我说，"朱利安·威廉森。"

"你好！朱利安。"她说，"你不知道吗，我遇到你可不寻常了，真令人兴奋!"

"是吗？别这么说。"我
回答。

"咱们走吧?"她问。

"好吧。"我说。

现在我该回家了。如果
海德薇想跟着我,我当然不好
拒绝。她在我旁边蹦蹦跳跳
的,看来真是高兴得既"不寻常",又
特别"兴奋"。

我几乎从来没见过这么开心的样子。

"你游得可真棒,"她微笑着说,"来来回回
的,速度还挺快。你是怎么学的？游了多久了？经常练习吗?"

"是啊。"我说。

"我都能想象得到。看着真来劲,你蹿来蹿去的像一条鱼,一条大鲨鱼。
你想过没有,那种危险的大鲨鱼飞速地在水里捕捉食物的样子。或者像一只
欢快跳跃的海豚,我喜欢海豚,你呢？你注意到没有,海豚好像总在微笑。我
想,这肯定是因为它们会游泳的缘故,你信不信？它们总在微笑,这是因为它
们感到在水中快速穿梭非常幸福。"

"……是吧。"我说。

"你不怎么说话。"海德薇说,"但我还是很喜欢你。你这么擅长游泳,可
你想过没有,会游泳有多么幸运?!"

"我从来没这么想过。"我说。

"那你真应该仔细地想一想。"海德薇说。

说到这儿,她终于安静了一小会儿。我悄悄打量着她,发现她的笑容消失了。她用一种近乎严肃的目光看着我,那种"我应当明白自己有多么幸运"的目光。

我突然明白过来。

"你……你不会游泳?"我问她。

海德薇没作声,她的眼里突然闪动着泪水。

"不会。"

她做了个深呼吸,咽了口唾沫。

"这是我在这个世界里最最希望做到的事情,"她低声说,"如果会游泳的话,我就是一个完整的人了。"

"你看上去挺好的啊,"我说,"这样说能让你感觉好一点吗?"

海德薇没作声。

踏过了一段洁白的雪道,我们一起走上了大街。和过去每年的圣诞节一样,这里又被装饰得漂漂亮亮。晶莹的雪花,红色的丝带,绿色的松枝高悬在房屋外边。

海德薇转过身,抬起头,注视着投射在我们身上的灯光。

"幸亏这个世界上还有不少让人高兴的事。"她说。

"也许吧。"我说。

"至少过圣诞节的时候是开心的,"海德薇说,"不是吗?圣诞节太美了,美得让人头晕目眩,心花怒放。"

"是，圣诞节是不错。"我说。

以往，我特别喜欢大街上那些盼望已久的圣诞装饰，但今年我好像根本就没注意到它们。其实离圣诞节只有一个星期了，可我却直到现在才意识到。

"圣诞节只是不错而已？!"海德薇说，"你就没有什么其他可说的？ 比如，圣诞节是最美丽、最可爱、最温暖、最美好的日子？"

她突然生气地看着我："你知道我在想什么吗？"

"不知道。"

"我觉得你是游泳游得太多了。"

我没说什么。我真觉得有点儿烦了。

这个女孩到底是谁啊？ 她突然出现在这儿，假装很了解我，还老跟着我，说得我的脑瓜都快爆炸了。

"到底用多少时间游泳是我自己的事。"我说。

"那当然。"她说。

"对了，如果你对游泳这么感兴趣，那你为什么自己不去学呢？"我问。

"这和你不相干。"她说。

她盯着我，眼睛又在闪闪发亮，可这会儿像是愤怒的闪电。

"谢谢你！ 祝你晚餐愉快！"我说。

"也谢谢你啦！ 祝你今晚快乐！"她说。

"通常，我在吃完下午的主餐之后，晚上还要再吃点儿饭。"我说。

"别以为我会关心你的这些事。"她说。

"其实,我觉得你太爱说话了。"我说。

"可你呢,就像只闷着头的乌龟,一声不吭。"她说。

"再见吧!"我说。

"再见再见!"她说。

"我走了啊!"我说。

"好啊!"她大声说。

"好,太好了!"我说。

我撒开腿冲进了铺满白雪的道路。这么傻气又爱说话的女孩,说起话来又是这样的稀奇古怪! 我可再也不想见到她了,绝对不想,连一秒钟都不想!

这时,我的背后传来了她的喊声:"朱利安?"

我继续往前走,丝毫没有回头的意思。

"等一等!"她喊道,"朱利安,等一等。对不起!"

第三章

继续往前走了几步，我又听见了海德薇的喊声："对不起，我不是故意的！"紧接着，身后传来了急促的脚步声。我停下步子，转过身去。她跑得可真快，快得都快飞起来了。当她跑到我眼前时，已经喘得上气不接下气了。

"对不起，对不起，请你原谅我吧！"她说。

我不知该怎么回答。也许是我应该向她道歉吧。

我真的不知道……不管怎么说，我再也不想理她了。

"我得回家了。"我说。

"你非得回家吗?"她问。

"我还得做作业呢。"我说。

"今天是星期五啊。"她说。

"呃……老师从现在开始给我们留周末作业了。"我说，"特别多。"

"可我还是觉得咱们俩应该交个朋友。"

"交朋友?"

"听上去有点儿奇怪吧?"海德薇说，"可我觉得，如果咱们交不成朋友的话，以后非得后悔不可。如果咱们现在就分开，你我都会遗憾一辈子。"

"什么?"我说，"遗憾一辈子?"

她简直是我见过的最奇怪的人。

"所以啊，咱们现在不能分开，你来我家玩吧。"她说。

"哦。"我说。

海德薇又笑了起来。看到她这么前仰后合地大笑，我也不由自主地笑了。"到了我家，咱们可以冲一杯可可奶。"海德薇说。

"可可奶?"

她的这个主意把我吓着了。你记得吗? 我一喝起可可奶就停不下来。

"我还有姜饼呢。"她说。

"姜饼?"我一边说，一边听见肚子咕噜噜叫了起来。姜饼也是我的最爱，要是能和可可奶一起吃就更棒了。

"我家不远，"海德薇说，"就在峡湾街2号，一会儿就到。"

"行，"我说，"你说你有可可奶，那我只能等会儿再做作业了。"

就这样，我跟着海德薇·汉森一起去了她家。

这是一栋坐落在大花园里的白色老房子，每扇窗户里都透射出温暖的灯光。大门上悬挂着用松枝编成的绿色大花环，花环上还缠绕着红色的宽丝带。晶莹的白雪覆盖着花园里的树木和灌木丛。

海德薇打开门进了屋："喂？"

没人回答。

"他们只是出去散散步。"她说。

我脱了鞋，然后把它们放在地板上。地板上还摆着好几双其他人的鞋，有棕色的男鞋，黑色的女靴，还有一些和我的号码差不多的男孩鞋。

"你有哥哥或者弟弟吗？"我问。

"有啊，"海德薇说，"我有一个哥哥。我还想让你们俩见见面呢。他可会画画了。我也试着画过画。我画

画的时候,脑子里的那张图像清楚又漂亮,可是把它搬到纸上以后就不是那么回事了。你明白我的意思吧? 也就是说,我只能画出来一些又丑又硬的铅笔道道,而脑子里的那张漂亮图画就是画不出来。

"我哥哥的画儿呀……就好像那上面的人都能从纸上跳出来似的,活灵活现的。我真希望有一天你能和他见见面,那样你就可以亲眼看到他的画儿了。"

她接过我脱下的夹克,挂在自己外套旁的挂钩上。挂钩上挤满了冬天的衣服——厚厚的夹克,还有围巾和帽子。

"欢迎来到我们的家,它叫小塔楼。"海德薇说,"这是天底下最好的地方。"

"这房子还有名字?"我问道。

"所有值得骄傲的房子都应该有自己的名字。"海德薇说,"你家没有名字吗? 那你赶快让你爸爸妈妈动动脑筋,给你们家起个好玩儿的名字吧。我觉得'小塔楼'这个名字特别好,听起来很顺耳。一搬进来,我就喜欢上了这个地方,再说它又有那么好的名字,住起来一定挺舒服的。"

"嗯,可能吧。"我说,"唉,你什么时候搬到这儿来的?"

"哦,是在我挺小的时候。"海德薇说,"厨房在这边儿。"

她带着我走进了一条长长的走廊,走廊的两侧有很多门,有的门露着小缝,可我还是看不到里面的动静。海德薇快步走到左边的第三扇门前,把它推开了。

这是一间涂着蓝色油漆的大厨房,墙上挂着各种饭锅和炒勺,炉子旁摆着一个装满汤勺和搅拌棍儿的大罐子。食物和姜饼那香喷喷的气味让我觉得更饿了。

看来海德薇挺会在厨房里干活儿的。她先从墙上的挂钩上取下一个小锅,在炉子上拧了一下,把小锅放在其中的一个炉盘上,从一个巨大的冰箱里取出牛奶,从托盘上拿起一块巧克力,把一些牛奶倒进小锅里,放进一些掰碎的巧克力,然后就从大罐子里找出一个搅拌棍儿开始搅拌。

"你经常做饭吗?"我问她。"当然了,"海德薇说,"特别是经常煮可可奶。"

她在小锅里搅拌的时候一滴都不往外洒。突然,她想起了什么。"必须加奶油!"她走到冰箱前,从里面拿出一个碗,碗里是已经搅拌好的鲜奶油。

"这是为今天的早饭做的。"海德薇说。

"早晨上学以前你们也可以喝可可奶?"

"是啊,基本每天都喝。当然如果是我做主的话。"

"那你能做主吗?"

"你猜呢?"

她大笑起来,笑得露出了嘴里的大牙缝儿。

她把煮好的可可奶分别倒进两个蓝色的杯子里,又在每个杯子里加进一大勺奶油。她把一个装满姜饼的盘子摆在桌子中间,然后伸开两臂笑着说:

"我的客人,请坐吧! 能够认识你真让我开心!"

我们俩坐在厨房里,喝着可可奶,厚厚的奶油沾在嘴唇上,不一会儿,我们俩就活像白胡子老头儿了。其实,我们俩能够相识,不但海德薇一个人高兴,我自己也很快乐。同时我还有一种模糊的预感,预感到我们的相识非同一般……

但是我万万没有料到,海德薇改变了我的生活。

第四章

喝完了可可奶，我觉得该回家了，虽然我还想再待一会儿。但是，在一个根本不认识的女孩家里待太久，可能还是不太好。

"我该走了。"我说。

"是吗?"海德薇说。

"是啊,我差不多该走了吧?"我说,语气听起来像是在问她。

"你说差不多就等于什么都没说啊。"海德薇笑了。

"什么?"

"这是我哥哥常说的。他说得对。你说差不多该走了,其实你还想再待会儿。我觉得你是这个意思。如果问我哥哥,他也会同意我说的。"

"哦,是吗?"我觉得我已经开始喜欢她哥哥了。

"你喜欢捉迷藏吗? 我希望你喜欢。每个聪明的人都喜欢捉迷藏。现在你有机会来到这全城最适合捉迷藏的房子里,就不想玩儿一下?"

"我……差不多……"

"差不多,你又说差不多。别说了,你必须玩儿。"

"好吧！"我说。

我跃跃欲试，其实我已经迫不及待了。

"我站在这儿，你藏起来吧！"她说。

"如果我先藏起来的话就有点儿不公平，因为我太熟悉这个房子的每个角落了。我一旦躲起来，保证你一辈子都找不着我。可是，我最不愿意的就是你再也见不着我了。"

她站在门旁边说："我数到二十。"

然后，她使劲地闭上了眼。

"一……二……三……"

我拔腿跑出了厨房，小心翼翼地关上了厨房门，然后窜进了走廊，环顾着四周。走廊的两侧各有三扇门，走廊的尽头是通往二楼的楼梯。

我匆忙推开离我最近的那扇门，这里是一个客厅。我轻手轻脚地钻了进去。客厅的四周铺着绿色的壁纸，墙角的黑色壁炉散发出暖融融的光和热。

看，这间屋子也开始迎接圣诞节了：窗户上挂着一些闪闪发光的圣诞星星，还有几个用纸做的圣诞小人。天鹅绒的大沙发靠在客厅的一面墙前，沙发上摆着一堆柔软的枕头。这个大沙发看上去就像一位可亲的老奶奶，我真想爬上沙发，钻进枕头堆里打几个滚儿。

可是别忘了，我现在进来是想找个地方藏起来，这间屋子好像不太合适。

我赶快又回到走廊里。

海德薇在那里接着数："十……十一……十二……"

我推开了另一扇门。这里是一个大图书馆。一本本的书把四周的墙壁全遮盖住了。我朝书架上扫了一眼，很多都像是老书，深红色的皮革书脊上镶着金色的字母。图书馆的地板上铺着一块厚厚的地毯，一把白色的摇椅斜靠在窗口边。窗台上摆着一个大蜡烛台，其中的三支蜡烛已经燃烧了一半。是啊，这是期待圣诞节的象征。从圣诞节前的倒数第四个星期天起，每个星期天人们都会点起一支蜡烛。现在，最后的一个星期天已经近在眼前了。

不行，这儿也没有合适的地方可藏。

现在真得抓紧时间了，我急忙向门口走去。

"十五……十六……十七。"海德薇继续数着。

正要离开图书馆，我不知不觉地停下了脚步……

奇怪……不大对头？！

那把刚才还精致光亮的白摇椅，一转眼怎么变成肮脏破旧的灰色了呢？我眨了眨眼，揉了几下。我猜想，这一定和屋里的光线有关系。从一边看它又白又亮，可是从另一边看它就变成灰色的了。

对，肯定是这么回事。

"十九……二十……"

现在，我必须得藏起来了！

我最后瞥了一眼那把摇椅，现在它又变得又白又亮了。没错，我肯定是被屋里的光线给弄糊涂了。

我加快脚步，奔向走廊，然后又推开了一扇门。这是一间专门存放清洁用具的狭窄的储藏室。

突然，我听到海德薇在喊："如果现在还没有藏起来的话，就算认输。"

进到这间小屋以后，我留了个小门缝，所以我能从屋里看到她。只见她轻手轻脚地在走廊柔软的地毯上向前走着。仔细查看了每一个房间后，她爬上楼梯，去了二楼。从此，她消失了很久很久。

我一直躲在小屋里不敢出声，差点儿都喘不过气来了。这些洗涤剂的味道真呛人，还有那些清洁刷上的毛毛，扎得我的脖子直痒痒。

哎，真想转个身舒服一下，可是我不敢。稍一转身，架子上堆满的这些清洁剂非得稀里哗啦地掉下来不可。我又开始琢磨那把摇椅了。是光线的原因吗？可是……以前好像没碰到过这种事，我怎么会被光线弄糊涂了呢？

如果真是光线的话……

四处鸦雀无声。

我一直没听到海德薇的动静。她怎么要用这么长时间……

她会不会已经出去了？她会不会只把我一个人留在了这里？

我倒不是害怕那把摇椅，只是人生地不熟的，待在这儿总有点儿奇怪。再说海德薇也不见了。现在除了我，连一个人影儿都见不着。

也许我应该出去找找她,也许她没告诉我就把捉迷藏的游戏取消了……

还没来得及再多想,储藏室的门突然被推开了,我吓了一大跳。是海德薇,她站在我面前大笑了起来。

"哈哈,我赢了! 我就知道你藏在这儿了。因为刚才经过这间小屋的时候,我看见你的眼睛从里面直发亮。我成心想让你在这儿多待会儿。为了骗骗你,我先跑到了楼上,然后又从另一边轻轻地下了楼。我这么走的话,你从门缝里是看不到的。

"哎呀,我把你吓坏了吧? 亲爱的朱利安,你说话呀。看,你的脸都被我吓白了。早知道这样,我就不吓唬你了。我还以为你觉得这样挺好玩儿呢! 对不起,瞧我把你吓的,实在太对不起了。"

我还在不停地发抖,肯定也有点儿脸色苍白。说实话,她真吓死我了。

可是,为了别让她心里太过意不去,我还是笑了笑。"没事儿,"我说,"不过你倒是挺能骗我的。"

她又笑起来了。

"我还真的把你给骗了! 是不是? 现在该你找我了? 我保证不藏在一个让你特别难找的地方。"

我低头看了看手表。

"哎呀,快要吃晚饭了,我得回家了。"

"是吗?"她问,"你必须现在就回家?"

突然间,她看起来很沮丧,就像我把她家圣诞树上最大最好的礼品包给摘走了似的。

"你也该吃饭了吧?"我问。

"是啊,"她说,"我也该吃饭了。"

我走到放鞋的地方,取下挂钩上的夹克:"那咱们就说再见吧?"

"咱们一定要再见面。"她说,"你明天还来吗?"

"明天就来?"

"明天是星期六,你可以过来吃早餐。我会做饭,你不知道吧,我可会煎鸡蛋啦!"

我忍不住笑了起来。

"可我觉得我还是应该在家里吃早饭。"我说。

"哦,那早饭以后呢?你就不能吃完早饭再过来吗?来吧!行不行?"

我点了点头:"好吧,就这样。"

穿鞋的时候,我忽然觉得自己在盼望着明天早点到来。哎,我好像很久都没盼望过什么了。

第五章

穿过几条街道，我一路小跑回了家。海德薇住在城的另一边，这段路还不近呢。离开海德薇家以后，我依旧觉得身上暖烘烘的，这一点也不奇怪，你想想，能住在这样布置得漂漂亮亮的房子里，又有圣诞节可以期待，心里能不暖和吗？

可是在我家里，连一个圣诞星星都还没挂起来呢。只有六天就到圣诞节了，可是我爸爸妈妈仿佛已经把它全都忘到脑后了。

说不定他们今天想起来了？我忽然这么想。

说不定妈妈已经在回家的路上从集市买了一些鲜花，说不定爸爸已经从储藏室里找出了迎接圣诞节用的黄铜蜡烛台，像以前那样把它擦得锃亮了。说不定他已经给妈妈打过电话，让她买回四支迎接圣诞的紫色长蜡烛。说不定我一进家门，就能看到其中的三支蜡烛已经被点亮了。

我一边这样想着，一边加快了脚步。其实，我每天在回家的路上都是这么想的，可是每天都是一样的失望，我们家仍然连半点儿圣诞节的气氛都没有。

我打开门，走进屋，正好是五点钟。哎，屋里传出了鱼饼味儿。鱼饼？今天为什么吃鱼饼？圣诞节不应该吃鱼饼啊。吃鱼饼和星期五也没什么关系。

不过，这段时间我们倒是经常吃鱼饼。不是鱼饼、肉饼就是面条烤鱼，好像爸爸妈妈已经变不出什么别的花样儿了。

这时候，我妹妹八月从走廊里探出头来。

"该吃晚饭了。"她说。

"知道了。"我说。

我妹妹今年五岁了，个子刚到我的胳膊肘。她身上带着所有幼儿园小孩儿都有的气味：一种混合着香皂、牛奶和潮湿橡胶靴的味道。

她的脸颊光滑柔软，我特别喜欢把鼻子贴上去，可有的时候她会不乐意。我妹妹脾气倔，她如果拒绝就一定会拒绝到底，从不听任别人摆布。她一旦生起气来，我妈妈能急得把双手举到天花板，还说我妹妹真是太难对付了。

爸爸和妈妈常说八月是小炸弹，我

爸爸有时还纳闷,为什么她没像个炸药桶似的飞上天。

可夏天以来,我就再也没听到他们叫过她小炸弹,八月也没再爆炸过……

我跟着妹妹进了厨房。晚饭都在桌子上摆好了:煮土豆、鱼饼,还有胡萝卜丝。真令人失望!饭桌上还是既没有一盆圣诞花也没有几支圣诞蜡烛。

妈妈捋了捋我的头发,爸爸拥抱了我一下。

"你好,朱利安!"妈妈说。

"今天过得怎么样?"爸爸问。

"挺好的。"我说。

然后我就没再说话。因为他们谁都没看着我，也没人在等待我说什么。

其实，他们只是随便问问，并没想得到什么回答。

"那你们呢？"我问着，拿了一个土豆。

"挺好的。"妈妈说。

"挺好的。"爸爸说。

"挺好的。"小妹妹也说。

然后，我们都安静地各自剥着自己盘里的土豆皮。我抬头看了一眼妈妈，又看了一眼爸爸。他们都不动声色，看上去和平时没什么两样。妈妈还是同样的发型，爸爸还戴着那副眼镜，可这半年以来，他们和以前不同了。

眼前的爸爸和妈妈就像是两件复制品。复制品，也就是说，他们只是外表像我的爸爸、妈妈。比方说，原来我爸爸总会为我们的周末活动提前做准备，还会安排我们一整年的计划。他还经常用一把椅子表演，逗得我们哈哈大笑。

原来我妈妈特别爱说她上班时的笑话，她自己笑得能把房顶掀起来，连我都有点儿不好意思了。可是爸爸说，他就喜欢妈妈这么大笑，当初他就是因为妈妈开朗的笑声而被迷住的。可现在就不一样了。他们不是过去的爸爸妈妈了，虽然他们的模样并没有变化。

我越想越难受，连嘴里的土豆都咽不下去了，甚至觉得，也许坐在眼前的只是爸爸妈妈的替身，而真正的爸爸妈妈我永远也见不到了。

也许连我妹妹也是个复制品，她不出声地坐在那儿，用叉子把切好的土豆轻轻放在嘴里，土豆没掉在身上，她也没发脾气。

说实话，我特别想念原来的那个小炸弹。可我最最想念的，是我的姐姐六月。我心里非常明白，我们一家人都在想念着六月。

我真想到墓地去看看她，可不知为什么，爸爸妈妈总是不容许。秋天的时候，我自己去过一次。那里又空荡又灰暗，既没有花草，也没有灯光。我姐姐六月肯定是躺在那儿的。我真不明白，我姐姐走了以后，留下来的怎么只是一堆荒乱的杂草和几块冰冷的石头呢？

在那儿站了一会儿，我的心好像也变成了冰冷的石头，多一秒钟我也待不下去了。我转身就走，从此再也没有去过。

"又下雪了。"妈妈说。

"是啊。"爸爸说。

"可不是嘛。"妈妈说。

看起来，谈论天气是我们唯一感兴趣的事了。

"……我一直在想。"我说。

"在想什么？"妈妈问。

"我们是不是该把圣诞蜡烛台拿出来了？"我说。

他们俩一起看着我，就好像我在说天书似的。

"马上就到圣诞夜前的第四个星期天了。"我说。

"你说得对。"妈妈说。

"可不是吗？"爸爸说。

"那我们就把蜡烛台拿出来吧？"我说。

"是呀，该拿出来了。"妈妈说。

"行，行。"爸爸说，"看，这会儿的雪下得铺天盖地的。"

他们又聊起雪来了。雪，又潮湿又沉重的雪。

晚饭后，妈妈出去铲雪了。我盯着爸爸，现在他该到储藏室去取那个铜蜡烛台和那瓶抛光剂了吧。可他却忙着收拾起厨房来了，接着又开始洗衣服。我妈妈呢，她铲雪回来后又拿起了吸尘器。

对，收拾一下，他们要把屋子打扫干净，干净得比以前更干净。

我该上床睡觉了，可厨房里的桌子上还没有圣诞蜡烛台和紫色蜡烛的影儿。我的胸口就像冒出了一团火，就是生起气来的那种火。

我钻进自己的被窝，心里有说不出的难过。不仅是因为爸爸妈妈全都变成了奇怪的复制品，虽然看上去和以前一模一样，但我知道他们变得完全不一样了，而且因为我们还在吃鱼饼，我真不明白，为什么都到圣诞节了我们还在吃鱼饼！

第六章

第二天，我刚吃完早饭就赶紧往海德薇的家里跑。我到的时候，她正在园子里滚雪球呢。雪球越滚越大，她都有点儿推不动了。直到我走到她身后的白色栅栏门时，她才听见我的动静。

"你好啊!"我说。

她笑着转过身来，几乎露出了满口的牙。

"来啦!"她说。

"是啊，"我回答，"我说到做到。"

"好，你还真来了，我真是没想到啊。我好希望你今天能来啊，从心底里希望，我甚至都合手祷告过。可我还是不敢相信你真的会来。哎呀，见到你真是太好了!"

"答应别人的事情不能含含糊糊啊……"我说。

她笑了，对着大雪球点了点头。

"来，快帮帮我，沉死了。"

我推开栅栏门，大步走过去，和她一起在厚厚的雪地里滚起雪球来。随着我们的脚步，雪球越滚越大，到最后，我们两个人加在一起也滚不动了。

"不能再大了，"海德薇说，"已经够好的了。"

"是啊，"我说，"不过我想问问，什么叫够好的了，你要拿它干吗？"

"嗨，不知道吧，你猜呢？咱们可以堆个雪人呀。我家屋子里有胡萝卜，还有没人戴的旧帽子，也许我还能找到一段小管子。可是光堆个雪人有点儿太一般了，你不觉得吗？咱们再想点儿别的主意吧！

在雪地里堆一个时髦的女士倒是不常见，当然我们也可以考虑堆个小娃娃或是趴在地上的胖婴儿，这听上去不错……或者我们也可以堆个老太太，或者古怪的老阿姨，还有不听话的表哥，或者……"

"我们可以堆个雪做的天使。"我脱口而出。

"对，一个雪地天使！"海德薇说，"你还真不傻，朱利安！"

"别别别，"我紧接着说，"也许还是堆个古怪的老阿姨更有意思。"

"不，"海德薇说，"还是雪地天使吧，最好还是个像姐姐一样的天使，我一直都想有个姐姐。我哥哥对我特别好，可我缺个姐姐。现在我就可以有姐姐啦，一个站在雪地里的姐姐！"

我们终于开始堆雪人了。这时的雪又松又软，海德薇的手又巧。很快，我们就堆出了一个雪人的形状。接着，我们又滚了个稍微小点儿的雪球，放在大雪球上面，最后还滚了个更小的雪球当脑袋。我们给雪人装上了肩膀和手臂，还把最下面的大雪球捏成了裙子的形状。

"现在她把自己打扮漂亮了。"海德薇说,"可以迎接圣诞节了。"

我们用雪给她添上了长长的头发,镶上了鼻子,还用小松果做了她的黑眼睛。最后,海德薇找来了一束松枝,放进她的用雪做成的手里。

"这是圣诞玫瑰,"她说,"这个姐姐一定会喜欢玫瑰的,你说是不是?"

"是啊。"我说。

我没再出声。不知怎么搞的,我突然觉得这个雪人很像我姐姐六月。她的个子和六月一样高,她的头发和六月一样长,她的下巴也和六月一样细巧可爱。

我使劲地闭上了眼,心想……没准儿等我再睁开眼的时候,六月就站在那儿了,那个活蹦乱跳的姐姐。想到这里,我赶紧把眼睁开。哎,朱利安,你真傻!眼前除了白雪、花园,还有一些松果和树枝,别的什么也没有。

我忍住泪水,转过身去。海德薇拉着我的胳膊问:"怎么了,朱利安?"

"没……"我说,"没事儿。"

她一直盯着我,我避开她的目光,真害怕自己突然哭起来。我拼命地往别处看,看雪,看树,其实好像什么也没看见。海德薇的手还一直拉着我的胳膊。

"你想起谁来了吗?"她低声问。

我终于敢抬头了,只见海德薇那善良的绿眼睛看着我。我点了点头。

"我有一个姐姐,"我说,"她今年夏天去世了。她是在快过生日时去世的。要不然她就十六岁了。"

花园里起风了。海德薇的眼睛变得亮晶晶的,不知是有风的缘故,还是因为我的话让她伤心了。她弯下腰,轻轻地拥抱了我一下,然后静静地站在原地,好像在等待我接着诉说。

我知道海德薇是那种可以交心的人。可我却一个字也说不出,我只想大声疾呼。我伸出手来小心地按了一下她的胳膊,这是想让她明白,这时有她站在身边还真挺好的。她肯定猜到了我现在不想多说什么。所以她对我笑了笑,开始用手拍打着自己。

　　"真够冷的。我也饿了,就像几十年没吃饭似的。我不是答应给你煎鸡蛋了吗? 咱们先进屋吧!"

　　"好啊,"我说,"谢谢!"

　　我脱下了又凉又潮的外衣,觉得海德薇家里暖烘烘的。我感觉不那么伤心了。海德薇的家小塔楼比昨天更舒服了。走廊两边的门都敞开着,好像是在欢迎我们似的。可房子里还是很安静。

　　"今天又是你一个人在家?"我问道。

　　"他们出去购物了。"海德薇说,"我哥哥肯定出去滑冰了。如果你在这儿多待会儿的话,就能见到他们。"最后的这句她说得特别快。

　　"是吗……"我一边说,一边朝着厨房走去,"对了,你需要我帮你煎鸡蛋吗?"

　　"帮我煎鸡蛋?"她说,"别开玩笑了! 你可以在客厅打个盹儿。"

　　我爬到堆着枕头的大沙发上,就像坐在一位老奶奶的柔软怀抱里。高大的瓷砖炉里闪烁着红光,我把冻僵的脚指头伸了过去,瞬间觉得全身都变得暖融融的。没

过一会儿，厨房里就飘出了火腿煎鸡蛋的香味儿，让人垂涎欲滴。

我正打算在大沙发上缩成一团热乎乎的小球，却忽然被窗外的动静分散了注意力。只见一个男人站在花园门外向里张望，他留着一把长长的灰胡子，像个老爷爷。

可他看起来不像平常的老爷爷那么慈祥，而是奇怪地盯着小塔楼。我不懂他的眼神和情绪，是气愤，是伤心，还是两者都有？我站起身走近窗口，躲在厚厚的天鹅绒窗帘后悄悄地观望。

他犹豫地把手搭在栅栏门上。他是想进来吗？他是海德薇家的亲戚吗？

我可不希望他和海德薇是亲戚，因为他看上去有点儿吓人。

这时候他推开了门，慢慢地走进了院子。他每走一步都要琢磨好久，仿佛进退两难似的。我匆忙穿过走廊，对着厨房里的海德薇说："你快过来，这儿来了一个人。"

"是吗，等一下，我马上就来。有人？这不可能啊。"

只见她的脑门儿上露出一丝细细的褶皱。

"这人看起来不怎么高兴。"我说。

我们俩一起走到了客厅的窗户旁，各自躲在厚厚的天鹅绒窗帘后观望。

"他在哪儿呢？"海德薇问。

"我也不知道，"我说，"刚才他就在那儿啊。"

我们一起望着通往院子门的那条石子小道，现在那里空空荡荡，连个人影也没有。海德薇转过身来对我说："你在开玩笑吧？"

"没有啊，"我说，"我敢保证刚才来了个男的，也许是你爷爷什么的？"

"不会的。"海德薇说。

"或者是你的一个老叔叔？"

"我没有……"

"或者……"

"别想那个老头儿。"海德薇说，"鸡蛋都煎煳了！"她跑回了厨房。

我仍旧站在窗边。花园里布满了我和海德薇的脚印，那条石子小道也被踩得一深一浅。可那个男人却无影无踪。我不禁打了个寒战。也许他还没走出去？也许他根本就没来过这里？

第七章

我和海德薇走进餐厅，摆好了餐具。她家餐厅里的四面墙壁都被粉刷成了紫色。

"这是期待圣诞节的颜色。"海德薇说，"好看吧？"

"真好看！你们家迎接圣诞的装饰都布置好了？"我边问边四处张望着。

这间屋子里布满了圣诞装饰品。大窗户前飞舞着用纸做成的小天使，天花板的大吊灯上系着红飘带，餐桌的正中间摆着一个圣诞蜡烛台，蜡烛台上插着点燃的蜡烛。说不定，她家的每间屋里都有一个圣诞蜡烛台吧？

"都布置好了？没有。"海德薇说，"好多地方都还没布置好呢。最重要的是每一个地方都不漏掉地去装饰。你知道为什么吗？"

"为什么？"

"比如，我们把厕所装饰漂亮了，但没去装饰餐厅，那不就不公平了吗？没有被装饰的餐厅也会感到难过的。"

"什么，餐厅会难过？"我忍不住笑了。

"我觉得房屋也是有感情的。每个房间都有自己的感情。特别是小塔楼里的房间。你明白我的意思吧？"

"明白。"我说。

我真的觉得小塔楼是这样的一座会偷偷思考的房子。

"我特别喜欢布置屋子。"海德薇说,"我希望这座房子的每个角落都充满圣诞节的气氛,你同意吗?一定要记住,在布置圣诞节的装饰时,永远要好上加好,也就是说,连一个存放垃圾桶的小屋都别漏掉。我总喜欢把圣诞老人的雕饰放在那间屋里,这样的话,即使你只是打开门取把笤帚,都立刻会觉得喜气洋洋。圣诞节快到了,圣诞节太美了。你可千万别马虎应付啊!"

我点了点头,心想着我们家的圣诞蜡烛台至今还在地下室待着呢。

结果,整个上午我都惦记着地下室的圣诞蜡烛台,脑袋瓜里几乎装不下别的事情了。对海德薇匆匆说了声再见后,我就急忙赶回家去了。

我一进家门,只见爸爸妈妈都坐在沙发上悠闲地看报纸。还不把蜡烛台拿出来,都什么时候了! 他们都还像没事人似的,我只好自己冲到了楼下的储藏室。

在储藏室里木架子的最高层,有一个专门存放圣诞装饰品的盒子,盒子前面放着圣诞蜡烛台。又过了一年,蜡烛台的颜色有点儿发灰了。我从架子上把它取了下来,拿着它上了楼。我从橱柜的最里边儿找出了抹布和抛光剂,先把抛光剂涂在蜡烛台上,让它浸透一会儿,然后用抹布把它擦掉。我记得爸爸就是这么做的。

渐渐地,蜡烛台原本的颜色开始显露了。

我连擦带搓地,直到一个灰斑都看不到为止。然后,我把蜡烛台摆在厨房餐桌的正中间,满意地打量着它。这样才对呢,蜡烛台就该是这样金光闪闪的。

现在,我只缺蜡烛了。

我开始在厨房里翻箱倒柜,最后总算找到一包旧蜡烛和一盒火柴。以前,我爸爸妈妈常常点蜡烛,特别是在秋天,秋天的时候天特别灰暗。

可是今年的秋天,他们只把房顶的一盏灯打开就算完事儿了。我现在找出的这包蜡烛可能是去年用剩下的,虽然都是白颜色的,但也总比没有好。

我取出了四支蜡烛,插到了蜡烛台上。看到它们有点儿摇摇晃晃,我就塞了些银纸把它们固定住。我记得爸爸就是这么做的。我点燃其中的三支,往后退了一步。

挺好! 除了蜡烛的颜色不是紫的,圣诞蜡烛台和原来一模一样了。

我觉得心里闪过一丝愉悦:我们家也开始迎接圣诞节了!

这会儿,爸爸进了厨房。他走到咖啡壶旁,显然是想倒点儿咖啡。至于餐桌上的蜡烛台他好像没留意到。我假装大声咳嗽了几下。

"哎呀,"爸爸说,"你感冒了?"

"没有啊。"我说。

"记得戴围巾啊。"爸爸说。

他举起咖啡壶，往杯子里倒了半杯咖啡，之后向客厅走去。我又假装咳嗽了几下，声音比刚才还大。

爸爸停下了脚步，望着我："怎么啦?"

他还是没看见餐桌上的蜡烛台。要是我原来的那个爸爸，他早就该发现它了。我原来的那个爸爸可机灵了，就连我躲在他背后他都能发现我。可眼前这个爸爸的复制品实在太迟钝了。要是他什么都看不见的话，我干吗还费劲地去擦蜡烛台呢?

我忍住眼泪，咽了口唾沫。

"看，我把圣诞蜡烛台摆上了。"生怕他又要走回客厅，我一边赶紧对他说着，一边指着桌子上的蜡烛台。

"哦……"爸爸说，"你在哪儿找到它的?"

"就在楼下的储藏室里。"

"哦，"他吸了口气，"三支蜡烛都点燃了啊……"

"明天就该点第四支了。"我说。

"是啊。"爸爸说，"时光飞逝。"

"你自己找到的？"

"是啊。"我说，"我还把它擦亮了，就像你原来那么擦的。"

"好啊，"爸爸说，"真好，朱利安。"

其实，他好像没觉得这有什么好似的，因为从他的眼睛里我看出他在想别的事。他捋了捋我的头发，拿起咖啡杯又回客厅去了。

我一个人留在厨房里，站在四支蜡烛前。它们看上去伤心又孤单，而且还不是紫的，是白的。想到这儿，我就把它们全吹灭了。灰蓝色烟雾飘散在空中，让人觉得很不舒服。没意思的烛光，没意思的圣诞节，我心里闷闷地想着。

走出厨房，我回到了自己的房间，砰的一声把门关上，反正家里没有任何人在意。我跳上了床，把整个脸都深深地埋在枕头里，压在枕套上，直到喘不过气来，我才翻了个身。想点儿高兴的事，朱利安，我对自己说。通常，当我试图回忆高兴的事情时，我总是先想到圣诞节，可今年我们家不过圣诞节了……

忽然，我想起了海德薇，想起了她的笑脸，她的大嘴和笑声，她的开朗和热情。认识她不就是最好的事情吗？海德薇她对我真好，我想着。我也该做点让她高兴的事了。一个好主意从脑海中闪过，我立刻跳下床走到书桌前，翻出我的存钱罐。

抓紧时间，争取赶在商店关门之前。

第八章

"早上好!"我一边说,一边匆匆跨进海德薇的家门。

其实现在才上午九点钟,可我已经等不及了。从昨天下午买好礼物那一刻起,我就一心想着见海德薇。

海德薇惊讶地望着我。

"这么早?"她说,"脸还这么红。你跑着过来的?"

"不是,"我说,"嗯,是……小跑。"

我忍不住笑了,兴奋得直想蹦个高。

我迅速地脱下鞋子和外衣,海德薇仍然满眼惊讶。

这时候的小塔楼可安静了。我打开背包,拿出礼物,它被一张粉花蓝底的纸包着。昨天,我特意请商店里的售货员用一张普通的礼物纸来包装,而不用那些带着圣诞老人的包装纸,因为我觉得这礼物与圣诞节无关。

"给我的?"海德薇问。

她看上去还是那么惊讶,我又忍不住笑了:"是呀,是给你的。"

"可圣诞节不是还没到吗?"海德薇说。

"这也不是什么圣诞礼物,"我说,"你就拿着吧。"

如果她再不伸出手来接过去的话，我都想把礼物包塞进她怀里了。

她站在原地，接过礼物看了看，转了转，晃了晃，还小心地捏了捏。

"不怎么大。"她说。

"是不大。"我说。

"摸起来挺软的，"她说，"有人说，他们不喜欢软包包，可我就不这么想，软的硬的都挺好。只要一想到包里边有个神秘的礼物就觉得够好玩儿的了，到底喜欢不喜欢只有打开包才知道呢。所以，一见到软包包就不喜欢根本就是不对的。"

"嗯，"我说，"也许吧。"

"多好看的包装纸啊。"她说。

"嗯，"我说，"现在你打开吧？"

"好吧。"

可她依然站在原地，盯着礼物包。突然，她冲着我说："太好玩儿了！"

"那就打开吧！"

"可是，打开以后我就知道里边有什么了。"

"那可不是嘛。"我说。

"那就不怎么好玩儿了。"

"什么……不好玩儿了……"

"你想想，当不知道里边是什么的时候该有多来劲！让人心颤目眩、头晕眼花的，你听懂了吗？"

"呃，有点儿……"

心颤目眩、头晕眼花，海德薇用的这些词儿可真新鲜，我还从来没见过有谁像她这么能说的呢！说真的，我见过的那些人连她的一半儿都不如。

"行了，你赶快打开包吧。"我笑着说。

"好吧，听你的。"海德薇说，"说实话，也别让心脏跳得太厉害了。"

拿上礼物包，我们走进了一个红色的房间。她把包包放到沙发前的小桌上，我们坐下来，她开始拆包啦。

要是我的话，把包包上的彩带一扯、一卷、一扔就行了。如果彩带捆得太紧的话，我就一剪子把它剪断。可是海德薇呢，她不但小心地用指甲先把彩带上的疙瘩松开，而且还仔细地把彩带缠成一小团儿。

接着，她开始剥包装纸啦。她先慢慢地解开粘在纸上的每一条胶带，直到一条也不剩。这时她又停了下来，对着包包发愣。最后，她深深地吸了一口气，终于把礼物包上的花纸撕开了。

她皱着眉，歪着头，一副糊涂的样子。然后她好像突然明白了过来，一把抓起那红色的礼物举在眼前。

"泳衣！"

"商店里还有蓝的和黑的。可我看你喜欢红色，所以就挑了件红的。"

"朱利安！"海德薇大声叫了起来，她笑得都满脸开花儿了。

"真是太谢谢你了！"

她弯下腰，使劲地拥抱了我，我也拥抱了她。这会儿，我好像也有点儿心颤目眩、头晕眼花了。我真不记得有谁在收到我的礼物时这么激动过。看来我虽然花光了储蓄，但也还是值得的！

拥抱完了，她又坐下来，直愣愣地看着泳衣。

"你准备好了吗？"我说。

"准备什么呀？"海德薇问道。

"学游泳呗。"

"什么？"

"我想教你游泳，所以我才给你买了件泳衣。"

"现在就学？今天？"

"为什么不呢？现在游泳池开门。"

她笑了："是啊，为什么不呢？"

她立刻起身去收拾要带的东西。我要带的毛巾、游泳裤和洗发水都在出门前就已经装进了背包。我出了房门，走进花园。两天前，也就是星期五放学后我刚去过游泳池，可怎么觉得这么遥远，起码像是一个星期以前的事。太奇怪了！也许是因为我认识了海德薇？其实我和她才认识了两天，就觉得像老朋友似的。

我走到我们一起堆的雪人身边。我摘下手套，把手放在她身上。

今天更冷了，雪人摸上去硬得像块冰。如果继续这样冷下去，那她还真是很难融化掉了。我这样想着，顺手掸掉了夜里落在她身上的小雪花儿。

这时，我听到有人进了花园。雪地被踩得咯吱咯吱地响，是有人进来了。我立刻躲在雪人后面，一眼就认出了这个人。是他，就是那个可怕的老人。

只见他朝花园里走了几步。和上次一样，他看起来犹豫不决，进退两难，他那轻轻的脚步声落在了洁净的白色初雪上。

他把一只手插进口袋里，在里边摸来摸去，直到抓住了一个什么东西。哦，他掏出一条钥匙链，找出了一把大钥匙，一把非常大的、生了锈的旧钥匙。

他拿着钥匙继续往前走。突然，他停下脚步，四处张望。

我缩在雪人后面不敢出声，心想他肯定看不见我。可是，我忽然发现从自己嘴里冒出的大股白气，这让他看见可怎么办?！

我赶快用一只手捂住嘴，尽量屏住呼吸。游泳的人都会屏住呼吸，把头埋在水里的时候都是不许喘气的。我憋住气以后能坚持六十秒呢。我开始在心里数着：

一，二，三，四，五……

如果我能坚持不喘气地一直蹲在这儿，说不定他过一会儿也就走了，如果他不想进屋的话。哎？进屋？他干吗要进屋？他又干吗拿着一把钥匙？

六，七，八，九，十……

要是现在海德薇走出家门，他们俩正好撞上怎么办？我得给她报个信儿。我就对她这么说，院子里进来了一个人，一个你不认识的人，更奇怪的是，他还有你们家的钥匙。

十一，十二，十三，十四，十五……

对了，海德薇上哪儿去了？还有，这个老人呢？我怎么听不见他的脚步声了？真可怕！没准儿他会突然蹿到我的背后？没准儿他又走出去了……可是海德薇呢？海德薇怎么也没影儿了呢?!

第九章

我转过身，向小塔楼的大门口瞄了一眼。这会儿，只见海德薇满面笑容地走了出来，手里还拿着一个印花的大提包。

"对不起，朱利安。我从来没去过游泳池，所以也不大知道应该带点什么。反正现在我都准备好了。你等得不耐烦了吧？朱利安……朱利安？你在哪儿呢？"

海德薇沿着小道走过来，现在她总该发现那个老人了吧！这回她可得看清楚那个奇怪的家伙了，那个奇怪的家伙也准能看见她。可是，除了海德薇在高声喊我，其他什么事儿也没发生。

"朱利安？咱们不是去游泳吗？"

我急忙站起身。

她提着那个大花包站在小道上，疑惑地望着我。

哎？那个老人呢？他怎么又不见了？

我转过身，朝着马路两边来回张望，没人啊！

"等会儿。"我对海德薇说。

我穿过栅栏门跑到大街上,查遍了街上的各个角落,可还是没找到这个人。我又急忙回到海德薇身边。

真气人,这次又没抓住他,这个人肯定是偷偷地溜走了。

"怎么啦?"海德薇问。

"又是那个老头儿。"我说。

"哪个老头儿?"

"你还记得吗,就是昨天溜进花园的那个老头儿。"

她看着我,好像把要说的话又咽了回去,然后她咬了咬嘴唇。

"他有钥匙,"我说,"他有一把你们家的钥匙。"

海德薇低下头,盯着地上的雪。

"你肯定知道他是谁吧?"我说。

现在我好像更生气了,不光是因为那个老头儿,还因为海德薇,她干吗突然这么神秘?!

"他有你们家的钥匙!"我说。

她终于抬起了头。"也许我知道他是谁……"她慢慢地说。

她看起来很严肃,脸上露出了我从来没见过的表情,好像又酸又疼。

"是吗?"

"可能我没法告诉你。"

"为什么……你怕他?"

"可能我没法告诉你为什么。"

"他……他怎么了? 他为什么有钥匙?"

她朝我迈了一步,然后把大花包放在雪地上,张开双臂搂住了我。

"朱利安,"她说,"不是所有的一切都是我能告诉你的。可我仍然希望我是你的朋友。"

"我从来都没想过我们不该做朋友,"我说,"可你就不害怕他有一把钥匙,他可以自己开门进你们家吗?"

"不怕,"她趴在我的夹克上嘟囔着,"我不怕,不害怕他进我们家。"

"你就不能告诉我为什么?!"我说。

"别问了。求求你了。"她说。

"你就真的不怕他?"

她点了点头:"真的。"

她不像是在说真话。

如果她一个人在家……如果那个人能用钥匙自己开门……她肯定害怕。

我没再说什么,因为现在海德薇正了正帽子,就跟没事儿一样了。

"咱们走吧? 不是去游泳吗? 我都等不及啦! 快走吧,朱利安?"

"……好吧,"我说,"那就走吧。"

"嘿,真来劲!"

圣诞节前的游泳馆里很清静,因为大家都在忙着逛商店、买礼品、烤蛋糕、砍圣诞树什么的,反正都在忙着干一些有意思的事儿,一些准备迎接圣诞节的事儿。所以,现在的游泳馆里几乎只有我和海德薇。

我先迈进了浅水区。

海德薇站在岸上，一边犹豫，一边哆嗦。

"首先你不能害怕水。"我说。

"哦。"她说。

她小心翼翼地顺着游泳池里的梯子下到水里。

"真冷。"她说。

"别害怕，水又不咬人。"我说。以前刚学游泳时，爸爸经常这样对我说。

"这可说不定。"她说。

"慢慢你就习惯了，"我说，"先把身子沉下去，直到碰到你的下巴。"

她点了点头，还是纹丝不动。

"看，就这样，"我一边说，一边做，"先弯膝盖。"

她慢慢地蹲了下来，直到水碰到了下巴。

"现在你试着屏住呼吸，再把头埋在水里。"我说。

"不行。"海德薇说，"如果水跑到肺里，呛着我怎么办？"

"我明白。"我说，"知道吗，你不能吸气，但你可以在水里吹泡泡。"

我把头埋在水里，给她做了个示范。为了别让她看着太难，我没在水里待多久。我一边把头伸出水面，一边笑着对她说："你看，多简单。"

"嗯。"海德薇说。

终于，她屏住呼吸，把头沉进了水里。我本以为她的头很快就会露出水面，可我只看到了浮出水面的小气泡。哈，海德薇的头还埋在水里呢，在水里，一直在水里。最后，她总算抬起了头，跳到我面前，头发上淌着水，她就像戴了个红帽子。

"看见没有?"她笑着说,"我学会了!"

她又接着试了几回之后,我觉得该上岸了。

"上岸?"她失望地说,"我不是学会憋气了吗?"

"我们该练习踢腿的动作了,这很容易。"

"看起来不难。"她说。

海德薇学得挺快。

我在岸上先做示范,然后让她在我旁边的瓷砖地上模仿。

"你学得真快!"我说。

这话听起来有点儿像我爸爸说的。他要是教我做点儿什么,总是夸夸我。所以我自己也觉得多表扬就进步快。

"既然你学得这么快,"我接着说,"那咱们就再下水吧。"

"哈哈!"海德薇可高兴了。

"现在,你就按照我刚才教你的动作游,手脚要相互配合。"

说着,我还摆了个游自由泳时手臂划水的姿势。

"就这样?"她一边问,一边学着做。

"对。"我说。

"一点儿没错?"她问。

"一点儿没错。"我说,"然后你把身子向前一弯,蹬一下水就可以开始游了。瞧,又轻松又简单。"

我开始在水里给她做示范,先使劲用脚蹬一下,然后用胳臂奋力划水,就像那个夏天爸爸教我游泳的时候一样,当时我才七岁。我往前游出去几米,又朝着海德薇游了回来。

"挺容易的。"我说。

"看着是挺容易的。"她说。

"你能学会。"我说。

"是,我还能游得特别棒呢!"她说着,扑通一声扎进了水里。

我忽然想起自己当年初学游泳时多么费劲,后来学会了又多么高兴,高兴得直蹦高儿。现在海德薇也一定很高兴。她能跟我学游泳真是挺幸运的。我为自己能当个好老师而感到高兴,这是我第一次教别人,原来都是别人教我的。他们差不多都是大人,爸爸、妈妈或者老师。现在我也是老师了。我要对海德薇认真负责。如果她学不会,那就是我没教好。

想到这儿,我的心怦怦直跳。我真希望海德薇能学会游泳!

第十章

　　转眼，海德薇扎进了深水区，看来她心里已经有些自信了，这真让我高兴。她认真地按照我教的做，胳膊用力地来回划水，双腿快速地上下摆动。不错，动作全做对了。也许是开始时用劲儿地蹬了一下腿，海德薇已经游出去好几米了。可是突然之间，她就停止前进了，而且还手脚并用地拼命扑腾。

　　不对，不只是停留在原处，她的身体已经开始下沉了。

　　她的手臂来回拍打，身边的水花四处乱溅，而她的身体继续沉下去。我吓得浑身僵硬。这是个水位由浅到深的游泳池，海德薇现在在深水区，也就是说，她的脚尖踮不到底，她在水里无法自救。她继续沉下去。

　　她可别淹死！我突然醒悟过来，一头扎进水里，以最快的速度游过去，抓住她，把她拉到了浅水区。我们俩站起身，把头伸出水面。她喘着粗气，半天才说出话来。

　　"你……你来得正好！"

　　"实在对不起，"我说，"我不该让你到深水区来。"

　　"是我自己游过来的，"她说，"这不怪你，我还以为没问题呢。"

"其实你学得挺快的，"我说，"再多练练就好了。"

说到做到，我们必须练习再练习。不过还是先在岸上练练吧，我真害怕再出事。海德薇也不再冒险了。她真是个非常认真非常耐心的学生，一直仔细地模仿着我教的动作，我也是一个非常认真非常耐心的老师，至少我自己是这么认为的。

但是我发现，无论我们俩多么认真和耐心都没用，因为海德薇就是学不会游泳，尽管她万分努力，最后也还是不断地往水底下沉。我试着教她蛙泳、仰泳、自由泳，甚至把爸爸和游泳老师教我的窍门儿全都用上了。她还是浮不起来。

最后，她只得站在岸边上，平时高兴得发光的眼睛现在变得黯然无色。

"再试试？"我问，小心地把手搭在她的胳膊上。

她没出声。

"海德薇？"

"我不能怕困难。"她小声说。可是，这话听上去好像还有别的意思。

"咱们该休息休息了。"我说。

她点了点头，没看我："是，咱们是该休息休息了。"

我们一起走到靠窗的长凳边坐了下来。

"那天你就站在那儿，"我用手指了指，"那是我第一次看到你。当时你把鼻子压在窗户玻璃上，就像这样，"说着，我按了一下自己的鼻子，"你看起来像一头猪，一头可爱的小猪。"

我真希望她会笑起来，可她不但没有表情，而且眼里含着泪水。

"海德薇？"我小心地说。

她马上点了点头。

"嗯,是啊……"

"今天学不会没关系,"我说,"只要接着练就行,直到你游得像一条鱼,要不就像一头海豚?"

"我不能怕困难。"她重复了一遍,就像背书似的。

接着,她深深地吸了口气:"可是……"

"可是?"我说。

"可是,就是接着练,我也不敢说我能学会。"

"你说什么?"我说,"你当然能学会了。"

"可是……我的身体,那叫什么来着……"海德薇说,"……对了,就叫我的体质不适合游泳。"

"你可能不是游泳天才……"我说,"但你怎么可能学不会游泳呢?"

"是学不会,"海德薇说,"我自己也是这么想的。"

"可这到底是为什么呢?"我问。

她转过头,看着我,张开嘴,好像要说什么。我觉得她快要告诉我了,告诉我一件特别重要的事。可是,她又变卦了。

"咱们接着练吧,"她小声说,"最后总能学会吧!"

她紧紧盯着游泳池,看上去很害怕的样子。

我真不知道该怎么回答。这一切都太出乎意料了,完全不是我事先所希望的。我一心盼着海德薇能学会游泳,让她高兴,没想到现在我们俩都挺难过。

"也许咱们今天就适可而止吧,这句话也是我爸爸经常说的。"我说,"人在筋疲力尽的时候是学不好什么的。"当我泄气的时候,我爸爸也会这么说。

"是吗?"海德薇好像又充满了希望。

"是啊,"我说,"学习就是这样的。首先要努力练习,然后也必须好好休息。接着再努力练习,再好好休息。突然有一天在你休息的时候,就会发现自己进步了。"

"是吗?"海德薇说。

"没错。"我说,"我觉得你现在应该回家躺会儿了,躺在那个摆着一堆枕头的大沙发上多舒服。"

"你说得对,是该歇会儿了。"海德薇说。

"就是,"我说,"听我的没错。"

我们两各自去了更衣室,洗澡换衣服,然后在游泳馆外面碰头。

又开始下雪了。海德薇扬起脸,仰望天空。现在好了,她看起来又像原来的海德薇了。"多好啊!"她说,雪花飘洒在她的脸上。

"嗯。"我伸出手用手套接住了三大片雪花。

"你想过没有?雪其实就是水。"海德薇说。

"没怎么想过。"我说。

"真奇怪,这么黑、这么暗、这么难,还能看到这么轻、这么美的雪花。"

"嗯,"我说,"……我以前没怎么想过。"

"所有的雪花都是不一样的,"海德薇说,"这就是大自然。每个人和物也都是不同的,你注意到了吗?"

"没有,"我说,"我没注意到。"

晶莹的雪花落在我的手套上,轻如鹅毛。它们真的都不一样,一片像六角形的星星,一片像齿轮,还有一片是绽放的玫瑰花瓣。

"没有什么比雪花更令人感到圣诞气息的了。"海德薇说。

她对我笑了笑:"什么东西能使你感到圣诞气息呢?"

"我也不知道。"我说。

其实我哪能不知道呢。姜饼、松枝、熏香和可可奶都太诱人了。装扮漂亮的圣诞树,天使小玩意儿的旋转声,还有……我跟海德薇说不清楚,因为那就得提起我姐姐。

"我该回家了,"我说,"你也该回去了。今天你必须好好休息,然后你再接着练习,肯定越游越棒。"

"好吧,"海德薇说,"可是,朱利安?"

"嗯?"

"那咱们明天干什么呀?"

"你说什么?"

"如果不游泳的话?"

"哦?你说干什么吧!"

"去滑冰吧!"海德薇说,带着雀斑的脸都笑开花儿了,"你会滑冰吗?"

"会,"我说,"可是我滑得不怎么好。"

"太好啦!那咱们明天三点在公园的冰场见吧!"

第十一章

在从游泳馆回家的路上,我似乎有些感觉到圣诞的气息了。海德薇由雪花联想到了圣诞节,而我对圣诞的感知存在于姜饼的甜美气息中。

可是,到底什么是圣诞气息呢?

奇怪的是,人们都知道圣诞的气味意味着什么,可要把这种感觉描述出来却又很难。圣诞将近的脚步就仿佛是一根柔软的绒毛,轻轻触动你的脚趾和心尖,让你心跳加速,却又不会觉得难受。

这种节庆的气息总让你想伸出手臂,把人们都紧紧地搂在怀里,也让你想放声歌唱,畅怀大笑,激动得嗓子发痒,所有兴奋和愉悦的感情混合起来,无比美妙。如果给圣诞气息涂上颜色的话,我觉得暖黄色最适合,虽然红色才是圣诞节的主色调。黄色加上红色,圣诞就成了一把火炬,能照亮我的心。

海德薇说得对:雪花可以给人们带来圣诞气息。特别是眼前飘在空中的这种雪花,不太密,不太湿,也不凉得刺骨。雪花就像轻盈精致的小水晶粒,落在屋顶、树丛和街道上,把地面上的丑陋和灰暗统统遮盖起来。雪花还能消去我们周围的声音,有了它,整个世界就像被柔软的羊皮裹了起来。尽管雪是凉的,但世界却变得更加温暖、安逸、安全。

我轻快地往家里走着。不用着急,家里没人等着我。我一边享受着当下的轻松愉悦,一边希望时间过得慢一点儿。我开始琢磨着回家以后该干些什么。是烤姜饼?还是在广柑上扎小洞洞,然后插进丁香梗?或者我也可以开始包装圣诞礼物?送给全家人的礼物我都准备好了。爸爸的是一个咖啡杯,妈妈的是一副耳环,小妹妹的是一双足球袜,她可不像我,她踢足球踢得可棒了。

　　礼物买好了,就差包装了。这方面我不擅长,特别是包到带棱角的地方时,我总是叠不整齐,还需要用许多胶带粘来粘去。包完圣诞礼物之后还要缠彩带,再把彩带卷起来,这倒是挺好玩的。彩带越长越好看,这还是我姐姐教我的呢。记得过去我们在一起包礼物的时候,她总是先用纸把礼物包好,然后把卷彩带的任务留给我,因为她知道我爱干这个活儿。

　　六月,我的姐姐,她就是这么好,现在想起她来,我心里还热乎乎的呢。她要是和我在一起该有多好。模模糊糊地,我仿佛看到了她,虽然她已经去世了。

　　圣诞节前的最后一个星期天,是所有商店都开门的日子。街上人山人海,穿梭不绝,人人手里提着大包小包。他们看上去都挺忙碌,也都挺开心。没准儿他们和我一样,也都喜欢雪吧。

正当我要绕过街角,拐进我家的那条胡同时,突然发现从对面的邮局里走出一个人。顿时,所有的圣诞气息都不见了。是那个老头儿,肯定是他,那个去过海德薇家的老头儿,而且他还有钥匙。

我停下脚步,仔细观察。同样的围巾,同样的帽子,同样的破旧绿棉袄。是他,绝对是他。虽然他脸上的表情有点儿不同。今天他看起来不那么生气,不那么伤心了,只是显得有点儿匆忙。他匆匆忙忙地赶路,胳膊底下夹着个大邮包,看来那个大邮包是他刚从邮局里取出来的。

其实刚才我正想回家呢,想回家烤姜饼,还想……可现在这个人又出现了。这次我绝不能让他在我的眼皮底下溜走!

他走得很快,我拼命紧跟。穿过了马路,我和他走在同一条街上。我不能离他太近,那他就会发现我,可我也不能离他太远,那我就会把他跟丢了。

我真怕他会突然转过身来发现我。可是…… 可是如果他发现了我,那也没关系。反正他以前没见过我,只是我见过他。如果他突然转过身来,我就赶快往别处看,或者开始吹口哨,假装什么事儿也没有。

不行……不能吹口哨,吹口哨也挺可疑的。

好在他没转身,还是迈着大步向前走。也许他要赶着上哪儿去? 不管怎么说吧,我在海德薇家花园里看到的那个犹豫不决的老头儿,现在完全变了。

到了马路拐角,我又看不见他了。我急忙往前赶,简直是在小跑,这次再也不能放过他了。还算幸运,等我自己追到了拐角,他的背影又出现了,不过这时候的他已经走出挺远了。

我们前后拐进了一条又安静,又狭窄,又昏暗的小巷。小巷里见不到圣诞节的灯火,就连唯一的一盏路灯也不亮了。它不但嗡嗡作响,而且还一闪一闪地跳动，像是鬼火。我匆忙穿过小巷，皑皑白雪折射出它们的光影。我越往前走，小巷就变得越安静。

四周没有人也没有车，只有那个老头儿和我。只见他迈着大步，一步相当于我的两步。我不停地小跑，身上的棉衣被摩擦得吱吱乱响。

现在，我更担心他会突然转过身来发现我。如果他现在看到我，就一定会想到我在跟踪他，因为这条小巷里只有他和我。我管不了那么多了。这个人肯定和海德薇有关系，但海德薇不愿意告诉我，海德薇害怕他，也许海德薇还会被这个人所伤害呢！

如果我能把这事情弄清楚，那我就能帮助海德薇了。

他又绕过了一个拐角，我还跟着他小跑。最后，他走到狭窄小巷的尽头停下了，我也趁机歇了歇脚，喘了口气。只见他从兜里掏出了那条钥匙链，就是那条和上次一模一样的钥匙链！

我听到那些钥匙碰撞在一起的叮咚声。那个人找出了想用的那把钥匙，插进了钥匙孔，转了几下，门开了。他走进屋，关上门，打开了灯。这时我眼前出现了一家店，店门和大橱窗上的雪花纷纷飘落。

我仍然躲在小巷的拐角，已经快冻成冰棍儿了。我到底应该怎么办？

第十二章

我鼓足勇气,做了几个深呼吸,开始向前走。这狭窄的小巷里只有这一家店,我猜不会有很多客人光顾这里。商店的橱窗后挂着浅色的窗帘,我从外面看不到里边的动静。店门上挂着个牌子:现在营业。

我一口气走到店门口,然后又停下了脚步。我必须进去吗?

是的,我必须进去。

可是,进去以后我怎么说呢?应该要有个计划:要不,我就问他现在几点了?要不,我就说迷路了,请他帮个忙?要不,我就假装想从他那儿买点儿东西?对,这个计划不错。

正琢磨着,我听到一阵响声,一种带有节奏感的机器声。既像是摩擦声,又有点像敲打声。但好像都不太像,又都有点相似……我一边默默猜着,一边大胆地把手搁在门把上,用力按了下去。

这响声更大了,紧接着,我嗅到一股奇怪的味道,让人不禁联想起学校里的课本和练习簿——哦,我知道了,这是油墨的气味。

商店的大门内侧挂着一道门帘,我把门帘拉到一边,没看见那个老人,可是许多其他的东西立即跃入我的眼帘。墙上挂满了各式各样的卡片,有大张的生日卡,小张的洗礼卡,简单的贺卡,复杂的成人卡,当然还有圣诞贺卡。我从没见过这么漂亮的圣诞贺卡,金色银色的都有,有的还镶满亮片儿。圣诞卡上印着天使和驯鹿,鹿头和小猪,胖墩墩的小孩儿,笑眯眯的老头儿,玫瑰花和一品红,甚至还有圣诞老人的工作棚。

我在一张大得像图画纸的卡片跟前停下脚步,只见画面上的天空群星璀璨,夜空映照着大地上的雪景。两匹大白马拖着雪橇正在雪面上滑行,雪橇上的人都把自己裹在厚厚的羊皮毯子里,大白马向古老的农场飞奔,农场窗户里渗透出温馨的烛光。我也想去那儿,我默默想到,如果我也能裹着羊皮毯子坐着雪橇,去参加那个农场的圣诞聚会该有多好!

我转过身去看另一张卡片,卡片上画着一家乐器店,店里的货架上摆着长号、短号、小号以及萨克斯管,每件乐器都被擦得锃亮。一棵巨大的圣诞树挺立在乐器店中间,各种小型乐器都被挂在枝干上,胖胖的小天使们在货架和圣诞树之间飞来飞去,手里还拿着各种不同的乐器。它们是这样的栩栩如生,就好像真的要从卡片上飞下来了似的。

我接着往里走,只见屋子的中间放着一台大机器。哦,刚才那个声音是从这台机器里传出来的。每一秒钟,一张新的卡片就能从这台机器里被打印出来,这是一台印刷机。原来这里不是商店,而是印刷公司。

可是,这个老人到哪儿去了?我接着往屋里走了几步。其实,我真想停下来,再多看看墙上的卡片,但是我提醒自己,一定不能忘记还没完成的任务。

我几乎走到了屋子的最里头,然后我又发现了一道露了个缝的帘子,我透过这条缝向里张望,发现了他。这会儿,他正坐在办公桌前,手里还拿着个金属的东西?是根铁链子,还是铁丝?

我又走近了点儿。刚见他弯了一下腰就又不见了。我能听到他打开了一个抽屉，把刚才手里的东西放了进去。接着是他的脚步声，是朝着我来的脚步声！突然，帘子被掀开了，我吓得倒退了好几步。他肯定也被吓着了，差点儿跳了起来。

　　"哎哟！"他说。

　　"哎哟，"我也忍不住嘟囔道，"不是……我想说，你好！"

　　他盯着我，离得这么近，一双愤怒的眼睛，两撮浓密的眉毛，看起来更可怕了。"你这孩子，差点儿把我的魂都吓飞了。"他说。

　　"对不起。"我说。

他朝我迈了一步,眼睛瞪得更大了:"你迷路了?"

"没有……"

我现在说话要非常小心。他不知道我是谁,只把我当成一个过路的孩子,可我从来不擅长说谎,每次我编瞎话都能被人识破,就连我妹妹都比我会骗人。但不管怎么说,我现在不能太老实。

"嗯,是,"我说,"有点儿。"

"你究竟是迷路了还是没迷路?"

"我是迷路了,可是看到你这儿有这么多圣诞卡,我就想买几张了。"我说,"我还真幸运。"

他一直盯着我,看上去显得更生气也更惊讶了。

"你迷路了……然后又打算买圣诞卡?"

"呃……是。"我说。

我真该练练怎么编瞎话。

老人突然笑了起来,他的脸在胡子后面开出一朵花,看上去没那么吓人了。"可是我这儿不卖圣诞卡。"他说。

"哦?"我说,"嗨,那怎么……"我从房顶指到地板,指着满墙的卡片。

"我这里只打印卡片,"他说,"印好以后把它们卖给商店,而且不是一张张地零卖。你总不会买一百张吧?"

"不,"我说,"可能买不了那么多。"

他低头看着我,目光闪闪发亮。

"你可以拿一张呀,"他说,"喜欢哪张?"

"可以吗?!"

"快挑吧,不然我要变卦啦。"

"好吧,"我说,"谢谢啦!"

我往四周扫了几眼,这么多好看的,怎么挑啊! 我的手朝着那张带雪橇的卡片伸过去,这张要是我的该多好,我会把它挂在床头上,看着它,我可以躺在床上做个美梦。接着,那张乐器店的卡片又蹦到了我眼前。也许这张更酷更好,我会把它摆在书桌上,看着它,我可以一扫而光地把作业完成。我也喜欢圣诞老人和他们的工作棚那一张,画面上的那些圣诞老人实在太可爱了。还有画着圣诞婴儿床的那张,画着圣诞集市的那张以及画着三只跳舞的小驯鹿的那张……

看着我犹豫不决的模样,老人笑了起来:"挑花眼啦?"

"是啊,"我说,"都挺好的,不,我是说,都太好了。"

"那你就拿两张吧! 三张也行。"

我觉得我开始有些喜欢他了。

"你接着挑吧。对了,想喝点什么吗?"他问。

"有点儿,"我说,"不是有点儿,是想喝。谢谢您!"

"真是个有礼貌的小家伙。"他笑着说。

"我一直在努力呢!"我说。

"可你忘了自我介绍。"

"哦,真对不起!"我赶紧伸出手,"我叫朱利安。"

他也伸出了手。他的力气可真大,差点就把我的手捏碎了。

"认识你很高兴,朱利安。"他说,"我叫亨利。"

第十三章

亨利把水果汁放在屋角的桌子上。我小口小口地慢慢喝着,喝着果汁我就不用说话了。

亨利盯着我。

"你多大了?"他问道。

"我快十一岁了。"

"十一岁? 看你的个子可不到十一岁啊。"

"是,我是有点儿矮。"

"我以前认识一个男孩,他挺像你的。"亨利说。

"哦?"

"你不太擅长踢足球吧?"

"不太行。"

"他也不太行。在学校课间休息的时候,别人都去操场踢足球了,你知道他在干什么吗?"

"干什么?"

"他一直坐在教室里画画儿。"

"哦?"

"他从小学画到了中学,最后终于给自己画出了一份工作。"说着,他伸手指了指墙壁上的卡片。我忽然明白了过来。

"那个男孩就是你!"

"你猜对了,就是我。"

"所以这些卡片也是您自己画的对吗? 原来你不是只搞印刷啊!"

"每一张都是我自己画的。"

"我不会画画,"我说,"可我会游泳。我还有一个朋友也会游泳。"

"你的朋友多吗?"

"不多,只有一个。"

等等，要说我只有一个朋友，好像也有点儿不恰当。现在不是还有海德薇吗？可是约翰呢？最近我和他好像也开始疏远了。

"我觉得我有两个朋友，"我纠正道，"两个。"

"两个好朋友比一百个坏朋友强多了。"亨利说。

他又往我的空杯子里添了些果汁。

"你喜欢喝果汁吗？"

"喜欢。"我说。

"多喝点儿，我这儿还有的是呢！"

他又笑了笑，我真的觉得我特别喜欢他。

"这个怎么用？"我指着印刷机问道。

"这个？"他站起身，把手搭在机器上，"我叫它玛莎。这里所有的机器都有名字。"

"哦？为什么？"

"所有被尊重的机器都应该有自己的名字。"

"也许吧。"

"过来，"亨利说，"我教你怎么用。"

他找出一些不同的颜色，然后把它们涂在金属管子上。

"一次只用一种颜色。"他说。

说着，他按下一个大红按钮，卡片就从机器里跳出来了。开始他用了红色，然后是蓝色，红色和蓝色一混合，就变成了紫色。最后他用了黄色，黄色和红色一混合，又变成了橙色。我目不转睛地盯住机器和卡片，从机器里跑出来的卡片一次比一次精致，一次比一次漂亮。

这会儿，我只感到两颊发烫。不但时间仿佛已经停滞，就连来到这里的目的也被我忘得一干二净。眼前有那么多的按钮等着我按下去，那么多的杠杆等着我拉上来，还有那么多的地方需要我多加小心，我根本顾不上别的事了。

最后，一摞印好的大卡片排着队，从机器里出来了。每张大卡片中都包括了四张小卡片。

"现在咱们要把它们都分开。"亨利说着，把我带到另一台机器前。

"它叫克拉拉。"

"为什么？"我问。

"你不觉得她看上去像克拉拉吗？"

"像。"我笑了。

我和亨利一起把一大摞大卡片放在金属托盘上，然后亨利教我如何拉下大杠杆，这样一来，切刀就把大卡片切成了两半。然后再重复一次就变成了四张小卡片。

"拿着吧！"

亨利取出其中的一张递给我："看你干得这么卖力，我再送你一张！"

"谢谢啦!"我说。

他朝我笑了笑:"咱们再印一摞?"

"好啊。"我说。

突然,我想起了小塔楼,还想起了海德薇。对了,我到这儿来是有目的的。既然亨利和我都已经成了这么好的朋友,既然我们都在一起喝了果汁,印了卡片,那就问问他吧?!

"我想问您点儿事儿,一点儿我想知道的事儿。我以前见过您。"

"哦?"

"在……在小塔楼。"我鼓足勇气说道。

"什么?"亨利皱起了眉头。

"我以前看到过您,那时候您站在小塔楼的花园里。"我说。

"哦,你见过我。"

他忽然转身走开了,开始在那部叫克拉拉的机器旁清扫起地上的纸屑来。

"亨利?"我说,"咱们不是再接着印一摞卡片吗?"

他撩起袖子看了看表,其实我觉得他根本就不在乎现在几点。"你该回去了,我还有好多别的事儿。"他说。

"我这儿有一大笔订单,明天一早就要交货,得抓紧时间了。"

"可是……"我接着给自己打气,"您到小塔楼干什么去了? 您有那儿的钥匙,可您又没开门进去?"

突然,他又开始盯着我,他的眼神又和我第一次见到他时那么奇怪了。是生气,是伤心,还是又生气又伤心?

"你离那座房子远点儿。"他说，手里的笤帚和簸箕都跟着颤抖。

"可是，为什么……"

"离它远点儿。"

"可……"

"现在你走吧。我该接着干活儿了。"

　　我迈开大步，赶着回家吃晚饭。关于海德薇和她的小塔楼，我对爸爸、妈妈只字未提，所以关于亨利和他的印刷厂我也守口如瓶。要是以前，他们可能会因为我的沉默而感到奇怪，可是在这段时间里，他们自己也变了。

　　当天晚上我像往常一样按时上床睡觉，第二天早上也像往常一样去上学。可是我心里总想着亨利。他为什么突然那么生气？他和小塔楼又有什么关系？那天在课堂上我的思想一直开小差，老师讲的我什么也没听进去。没关系，反正后天学校就放假了，这几天老师也不会教什么新课。我一心想着亨利，想着海德薇，想着小塔楼，特别是小塔楼。

　　放学后，我拔腿赶回家，匆忙往嘴里塞了片面包，把冰鞋装进袋子里。我必须要问问海德薇，我必须要问个水落石出。

第十四章

每年冬天，城市公园里的小湖都会被冻成一个冰场。那儿就是我和海德薇约好见面的地方。黄昏临近，天色渐蓝。冰场四周亮起了柠黄色的大路灯，仿佛是一个个明亮又滚圆的行星镶在深蓝色的天空中。

海德薇还没看到我，我就先看到了她。冰场上只有她一个人，伴随着冰鞋和冰面的摩擦声，她平稳自如地滑来滑去，一副不费吹灰之力的模样。她稍稍下蹲，还来了个小跳，之后平稳地落到了冰面上。滑出去两步之后，她开始在冰面上飞快而灵活地转起圈来。

一圈又一圈，她竟不觉得头晕。

一圈又一圈，她像个裹着红外套的雀斑陀螺。

然后，她高兴地发现了我。

"朱利安！"

她滑过来，停在我面前。

"你带冰鞋了吗?"她问。

"带了。"我说,"我可没你滑得这么好。"

"可是你会游泳啊。"

我坐在长凳上,开始换冰鞋。这是一双妈妈从旧货市场搜罗来的黑色冰球鞋,穿着有点偏肥,可前面脚指头那儿又有点挤。其实我从来就不怎么喜欢滑冰。

海德薇伸出手把我拉到冰面上。

"开始滑吧。摔不了。"

我僵得像根棍儿。冰面上的每一个小疙瘩都让我害怕,我真怕摔跟头。

"放松点儿,"海德薇说,"有我在这儿呢。"

"好吧。"我说,"我试试。"

我就按照海德薇说的做。

渐渐地,我觉得好像也不那么难了。我知道海德薇在旁边保护着我呢,一看到我东倒西歪,她就立刻扶我一把。

"挺棒的!"海德薇说。

然后,我们一起坐在长凳上。我把身子转向海德薇,她的眼睛笑着,她的脸红红的。尽管现在她很开心,尽管我明知不该破坏眼前这快乐的时刻,但我还是忍不住向她问起亨利。

"我见到那个有你家钥匙的人了。"我说,"又见到了一次。"

"有我家钥匙的人?"

"就是你也在你家花园里看到过的那个人。"

海德薇忽然背过身去,低头盯着她的冰鞋,用鞋尖轻轻地摩擦冰面。

“咱们再滑一会儿？”她问，“还是你该回家了？”

“我发现他叫亨利。”我继续说道。

她被吓了一跳。

“亨利……”她嘟囔着。

“我觉得，你应该告诉我他是谁。还有，你为什么这么害怕他。”

她一直盯着她的冰鞋，起初没回答，后来她终于慢慢转向了我。

“我不怕他。一点都不怕。”

“你不怕他？那又为什么……”

“我现在不能告诉你，”她低声说，“但无论如何，我都希望咱们仍然是朋友。”

“咱们当然是朋友，可我就是不明白，你为什么就不能告诉我呢？”

“你也不是把所有的事都告诉我的呀。”海德薇说。

“我？”我说，“我没有什么秘密。”

“比如，你就没怎么说过你姐姐的事，我不是也没问过你吗？其实，不是所有的事都是那么容易说出来的。”

我的嗓子眼儿就像突然被堵住了似的。海德薇说得对，她从不刨根问底地打听我姐姐的事。

“我可以等着，等到你准备好了，”海德薇说，“其实我很想听你说说你姐姐的事情。”

我屏住了呼吸。

"如果我现在就想说呢？"

"现在？"

"是，现在。"

"那我就拿出无穷无尽的时间来听你说。"

学校里的好几位老师曾经问过我姐姐的事。可每次我的话到嘴边又咽了回去，觉得没有必要说什么。再说，他们都知道六月是谁，我就更难开口了。

海德薇从来没见过六月，也从来没见过我的家人。几天以前，她连我也没见过。也许，也许正是因为这样，只有对她，我才愿意说起我姐姐。突然间，我觉得心里的话堆积如山，如果再不说出来，胸中的火山就要爆发了。

我开始向海德薇说起六月，说起我姐姐。她留着黑黑的长发，是天底下最开心的人。她说起话来总能把别人逗乐，她的笑声也总比别人的大。她有趣又调皮，有时甚至还有点儿疯狂。她的个子蹿得特别快，已经和爸爸差不多高了。如果我夜里做噩梦睡不好觉，就爬到她床上去，她总会摸摸我的头，轻声安慰我。

可不知为什么，六月突然变得不吭声了。她不再大声笑，不再大声说话，也不再开玩笑了。如果我晚上爬到她床上去，她就转过脸，还劝我走开。

"她是生病了吗？"海德薇问。

"不……"我说，"不是像感冒那样一般的病，我觉得她遭遇的是一种悲伤。"

我接着往下说。从这以后，六月就躺在家里休息，不再去上学了。爸爸妈妈也变得越来越安静，因为我们谁都无能为力，眼看着一直往高蹿个儿的六月渐渐萎缩下去。她躺在床上，越来越瘦。她太悲伤了，悲伤得吃不下饭。

说到这儿，我不得不停下来歇会儿，因为下面我要讲的才是最最悲惨的。

海德薇拉住我的手。她已经猜出接下去会听到些什么了。不过这也好，我总算把心里的话都掏出来了。这是我第一次向人说起我姐姐的死。

"最后，她瘦得皮包骨头，被送进了医院。"

"那就会有医生可以帮助她啦！"

海德薇捏住我的手。我深深地吸了几口气。

"不，在医院里，她的身体还是越来越弱，"我说，"都已经这么瘦了，后来又得了肺炎。"

"那后来呢？"海德薇低声问。

"后来她就死了。大家都说事情本不该这样，医院里的人都这么说，爸爸妈妈也这么说。可无论如何，这都已经成了事实。六月，我的姐姐，就这样离开了我们。"

热乎乎的泪水夺眶而出，我转过身，避开海德薇的目光。海德薇松开了我的手，伸出双臂抱住了我。

"哦，朱利安！"她没说别的，只是轻轻唤着我的名字。

她把面颊贴在我的脸上，我们俩的泪水交织在了一起。

就这样，我们静静地坐了很久，然后我们各自松开了手臂。她摘下手套，先擦去了自己的泪水，接着又擦去了我的。她的手热乎乎的。

"眼泪也是水，"她说，"水可以变成雪。"

不知她是否在安慰我,反正这话听上去挺不错。

"那现在呢?"海德薇问。

"现在?"我说。

"现在你家里怎么样了?"

"……家里每天都很清静。爸爸妈妈好像不打算过圣诞节了,可能他们都已经把圣诞节给忘了吧。"

"这怎么行,"海德薇说,"哪能不过圣诞节呀!"

"我也不知道。"我说。

"你不是说以前的六月很开心吗?"海德薇说。

"是啊,可那是以前了。以前她是天底下最开心的人。"

海德薇拉起我的手,捏了一下。

"那他们还有你呢,朱利安。"

"什么意思?"

"你可以让爸爸妈妈重新开始盼望圣诞节,也可以让爸爸妈妈重新记起那个开心的姐姐。"

第十五章

海德薇说得太对了,我决定赶快回家去。爸爸妈妈已经把以前的六月全忘光了。她以前是那么有趣,那么爱笑,她说话的声音像高高跃起的海浪,还有她的那些笑话。

也许我能帮助爸爸妈妈想起以前那个快乐的姐姐,不要整天愁眉苦脸的。爸爸妈妈只摆出了一张姐姐的旧照片,那是她在学校拍的,看上去又严肃又害羞。其实,家里还有好多姐姐的照片呢。

我比爸爸妈妈回家早。一进门,我就开始翻箱倒柜。我打开柜门,拉开抽屉,把客厅里的大杂货箱翻了个底朝天。最后,我在妈妈的办公桌里找到了全家的相册,一页页地翻着,心里暖乎乎的。

原来我们一家五口在一起度过了那么多快乐的时光啊!特别是我们这几个孩子,夏天时,我们在草地上的喷水器前赛跑,每人都举着大冰激凌坐在汽车里,来不及吃完的冰奶油都滴在了身上。到了冬天,我们赛跑,看谁能第一个冲下雪坡。我们还一起去树林,躺在用树枝搭起的小屋里,眯着眼仰望天空,阳光穿过树枝洒在我们的脸上。

六月是第一个穿过喷水器的人,是她想出办法,让爸爸妈妈给我们买冰激凌,也是她教我们挑选出最粗的树枝,在树林里搭起一座小木屋。

最后,我的视线停留在一张六月的大照片上。她穿着一条黄裙子,对着相机的镜头大笑着。她笑得这样灿烂,灿烂到我仿佛能听到她的笑声,像一串串撒落的白珍珠。

我小心翼翼地把这张照片从相册中取了下来,然后走进厨房,把它贴在冰箱上。这时候,大门响了,妈妈和妹妹回来了。

我听见她们一起进了走廊,妹妹不满意地在嘟囔着什么。

从幼儿园回家后,她总是挺累的,不愿意自己把外衣脱掉。要是以前,以前她还是小炸弹的时候,她一不如意就会大声尖叫,直到妈妈再也听不下去了,只得帮她脱掉外套。可现在,她只会小声地抱怨几句,然后就不吭声了,自己老老实实地把外套脱掉。

妹妹走进客厅去找她的娃娃,然后安静地坐下来玩儿了。

妈妈走进了厨房。像往常一样,她捋了捋我的头发;像往常一样,她向我说了声"嘿";像以前那样,她问我今天过得怎么样。

突然,她在冰箱前停了下来。她慢慢地抬起手,指着那张六月的照片。

"这是从哪儿来的?"她没看着我。

"相册里的。"我回答。

"你为什么把它挂在这儿?"

这时候,妹妹进来了,她发现了妈妈手边的照片。

"六月！"她一边说，一边对着照片笑了起来。这张照片上的六月真高兴，谁看了都会开心。

可是妈妈笑不起来。她严肃地转向我，低声说：

"朱利安，我希望你不要从相册里拿什么东西。"

"我没拿什么东西啊，"我说，"这是姐姐。"

妈妈又转向妹妹。

"你回客厅玩儿去吧。我得和朱利安说点儿事儿。"

"可是我……"

"现在就走。"妈妈提高了声音。

妹妹委屈地离开了厨房，回到她的娃娃那儿。

"咱们坐下来说？"妈妈指着厨房的桌子对我说。

她好像是在问我，可我知道，这时候我得听话。

"好孩子，"妈妈说，"我明白，你希望所有的一切都像以前那样。"

"是。"我说。

"但这是不可能的了。"妈妈说。

"我知道。"我说。

"就是咱们挂上姐姐的照片，她也不会回来了。"妈妈说。

"是不会，"我说，"可我不是因为这个才……"

"其实，不要以为每天看着四处墙壁挂满姐姐的照片，或者经常去她的墓地，咱们的日子就会好过些。"

"没有四处墙壁挂满，"我说，"只在冰箱上。再说，咱们从来都不去墓地。"

"咱们只能再等等，"妈妈说，"慢慢地就会容易点儿了……人家都这么说。"

她说到最后这一句时，没有看着我，像是自言自语。

"是，"我说，"可咱们就连一张姐姐的照片都不能挂起来吗？"

"这是需要时间，需要耐心的。"妈妈说。

"只挂一张？"

"咱们必须要耐心地再等等，朱利安。"

妈妈站起身，弯下腰，拥抱了我。奇怪的是，这不像妈妈过去的拥抱，倒更像是一个复制品的拥抱。姐姐的照片摆在桌上，她对我们微笑着。可妈妈拿起照片，走回了客厅。我跟到门边，看着她把照片插放到相册原处，然后又把相册放回她办公桌的抽屉里。

我坐下来，没出声，只觉得眼泪止不住地往下流。接下来的一整天，我的胸口就像被堵上了一块大石头。晚饭时坐在餐桌旁，我一句话也不想说，一口饭也没法咽。饭后，我默默地离开了餐桌。他们每个人都像往常一样安静，也好像根本就没心思注意到我。

我回到自己的屋子里，站在地板中间，只觉得嗓子眼儿里堵得慌，拼命把眼泪往肚子里咽，可嗓子眼儿里还是那么堵得慌。

妈妈说得对，这需要时间，需要耐心。

哎，那个调皮的海德薇，我突然想起了她。她总是那么开心，以为一切的一切都是那么简单。对她来说是简单,她住在那座宽敞舒适的大房子里,那里的每间屋子又都为圣诞节布置好了,住在那里当然是开心快乐的。

她错了,我这么想着,她完全不了解我们家现在的情况,她完完全全不了解。

我越想越有气,嗓子眼儿里还是堵得慌,半点儿都没好。离圣诞节只有三天了,三天!可我们家连个圣诞节的影子都没有。说老实话,根本就别去想什么圣诞节了。

第十六章

第二天去上学的时候，我还在生气。明天学校就要放假了，也就是说，今天是圣诞假期前的最后一天。到了这天，大家会在一起高高兴兴地吃糖果，本来应该是很开心的，可我却闷闷不乐。

放学时我还在生气，虽然看见约翰在校门口等我，我也笑不出来。

"你好啊。"他说。

"你好。"我说。

"开始放假了。"他说。

"是啊。"我说。

我们并肩走了一小段路。

然后他看着我说："雪可真多。"

"是啊。"我说。

"以前我没见过这么多雪。"

"是吗？"我说。

然后他什么也没说，我也没说什么。换句话说，就是一切都和前阵子一样。我加快脚步，想快点儿回家……这里的一切都这么无趣。

"我觉得总是聊天气实在太没意思了。"我说。

"嗯？"约翰愣了一下。

"只有大人才整天谈论天气呢。"我说。

"可能吧。"约翰说。

"我不想再聊天气了。"我说。

"那好,"约翰说,"那咱们就说点儿别的。"

"行。"我说。

可是我们谁都没说一句话。这样也好。因为和约翰聊天真是太枯燥了。说实话,现在和谁聊天都觉得没意思。

我更快地往前走着,约翰费力地跟着。我不时地偷看他几眼。他的双腿就像两根小细棍儿,两根插在厚厚的棉鞋里的小细棍儿。我敢肯定,他身上只有那一双脚还在不停地长大。一条大围巾盖住了他的半边脸,另外半边脸也几乎被帽子挡住了,围巾和帽子之间隐约露出了一小条缝。如果对某一个人很了解的话,你就不难觉察出他的心境。看着约翰的这副样子我就已经明白了,他现在很伤心,真的伤心。

可是现在,我已经没心思去想别人的事了。

走到平时我们俩分手的路口时,我拐进了通往我家的小胡同,连声再见都没说。我再也不想说出一个没意思的字儿了。

"等一等。"约翰说。

我转过身:"怎么了?"

他放下书包,从中掏出一样东西,是一份礼物。

"拿着吧。"他说着,把礼物递给了我。

我接了过来。"……谢谢你。"我说。

我没有什么礼物送给他。每年我们总是交换礼物的,可今年我把这事儿

也给忘了。也许我现在该说点儿什么,也许该向他道歉。可是为什么呢? 我们又没说过每年都必须交换礼物。再说他愿意送我礼物,也不是我的错啊!

"祝你圣诞快乐!"约翰说。

我觉得面颊发烧。

"不……今年的圣诞不会快乐。"我边说边把礼物放进了背包。

"哦,"他说,"不快乐?"

"我得回家了。"我说。

"行……好吧……再见啦!"他说。

他走了,迈着两条小细腿,拖着两只大棉鞋走了。远远望去,他的身体几乎消失在书包后面,他的头也被埋没在两个肩膀之间了。

我转过身,朝家里走去,觉得嗓子眼儿里又潮又热。

傻约翰,我想着,他就知道聊天气,别的什么都不懂,真傻。我加快脚步拼命走,就像要把什么不舒服的东西甩掉似的,可是这完全没有用。约翰、爸爸和妈妈都让我生气……另外,我姐姐突然去世了。

她为什么必须死呢? 我就是不明白,我姐姐为什么就死了呢?!

我绕过房子的一角,忽然觉得碰到了什么。

"哎哟!"

"嘿!"

是海德薇,我和她撞了个满怀。她揉着自己的脑门儿,肯定是被撞疼了。紧接着,她又笑起来了。她总是在笑,在傻笑。

"是你啊。"我说。

"朱利安,"海德薇说,"我一直找你来着,原来你在这儿啊!"

"是啊。"我说着,也揉了揉自己的脑门儿。

"从昨天起,我就老想着你。"海德薇说,"你回家以后都干什么了? 和你爸爸妈妈谈起六月了吗? 我一直想着你们全家人,想着你姐姐,我真希望能和她见一面。她听起来善良又有趣。你有这么一个姐姐真幸运。可惜她去世了,真让人难过!"

她像往常一样地闭不上嘴。我接着往前走。以前我挺喜欢听她讲话的,挺喜欢看她蹦蹦跳跳的。可现在却不一样了。

"你的话可真多。"我说。

她惊奇地看着我。

"你就知道问问题,"我说,"可你就不知道等待我的回答。"

她不出声了。

"过去,我哥哥也常这么说。"她低声说。

"过去你哥哥也常这么说? 他说得可太对了。"我说。

"对不起,"海德薇说,"因为我太想知道这一切了。我脑子里堆满了问题,所以我都来不及等你的回答了。你明白吧,比如一个水桶,水灌满了,你不把水倒出来,它自己也得往外流。这就是为什么我总把不住自己的嘴。朱利安,你就没有过这种感觉吗? 没有过这种心里有好多话非得倒出来的感觉吗?"

"看,你又开始了。"我说。

"哦。"她把手伸到了嘴边,"对不起,对不起。"

"你想知道我的一切,"我说,"可你也不告诉我关于你自己的事。"

"我正准备着呢。真的,我很想说,可是不好说。"

她用又大又诚实的眼睛瞪着我。

突然间,我觉得我自己也有一大堆问题了。

"就这么难吗?那咱们就一个个地来解答。有很多事情始终让我纳闷:比如,你是怎么认识亨利的?他为什么站在你家门口?为什么我从来都没见过你的家人?为什么你们家里的东西有点儿奇怪?为什么那把摇椅……"

我喘了口气,突然想起海德薇刚才说的一句话。

"为什么你刚才说,过去你哥哥总嫌你只知道问问题,可就不知道等待对方的回答?"

"什么意思?"她问。

"你说的是'过去',可你为什么不说你哥哥一直嫌你只知道提问题?这是怎么回事?他死了吗?还是……"

海德薇向我伸出手,我纹丝不动。

"哦,朱利安。"她小声说。

"现在该轮到你回答我了。"我说。

"可是我做不到。"她说,低着头,不敢看我。

"那我就不需要你这个朋友了。"我说。

"什么?"她说。

"至少我不需要一个不诚实的朋友!"

"别,朱利安。"

我转身要走,她一把抓住了我的胳膊。

"别走,"她又说,"因为只有你……"

"腿长在我身上，我想走就走。"我说。

我走了。生气地，大步地走了。

一大步，两大步，三大步，

四，五，六，

怎么？我觉得自己的步子变小了。

七，八，九，

我还是挺生气的。

十，十一，十二。

我开始后悔了。

她一定还在那儿等着我呢。可怜的海德薇。我为什么这么生气，这么严厉呢？可能她心里也有说不出的苦。再说，我们才认识几天啊。

……十三……十四……十五……现在海德薇可能正站在人行道上哭呢！

我转过身往回走，她却不见了。

她的脚印也已经被雪埋没了。

第十七章

我在街上转悠了很久，直到双脚被冻得发麻。不，不只是脚，而且是全身。我越走越觉得不对劲儿，仿佛做了什么亏心事儿似的。都是我的不好，我对约翰不好，我对海德薇也不好。

起初，我脑袋里空荡荡的，什么点子也没有。后来，我想出了一个好主意，我想给约翰买一份圣诞礼物，一份特别好的礼物！

接着，我又想出了一个好主意：向海德薇道歉。

真的，我真应该向海德薇道歉。现在！马上！我不打算回家吃晚饭了。

想到这儿，胸口上的那块大石头好像轻点儿了。

我一路小跑来到了小塔楼。

我希望海德薇正在花园里，那我就可以立刻说声对不起了。可当我走近这座房子时，我发现这里到处都是黑漆漆的，窗户里一点灯光的影子也没有。花园里遍地积雪，显然是没有人来清理。我深一脚浅一脚地走到房门口。

奇怪，我上次来的时候是有人铲过雪的……

更奇怪的是雪人姐姐不见了，她原来站着的那一片地也已经是平平的了，除了一层白雪，没留任何痕迹。是不是海德薇在生我的气，把她推平了呢？

我开始敲门，等了很久，鸦雀无声。

我走下大门口的台阶,向着小塔楼望去。没准儿海德薇正坐在黑暗中,她能从屋里看见我?没准儿她还在生气,不想给我开门?

　　"海德薇。"我轻轻喊了一声。

　　没动静。

　　"海德薇,"我把声音提高了点儿,"我想说对不起!"

　　……还没动静。

　　我该怎么办?

　　我站在院子里,接着往小塔楼张望。突然,我发现了一些原来没注意到的动静:房子外墙上的白漆大片地脱落了下来,一楼的一个玻璃窗也被打碎了……这一切肯定是在我上次来过之后发生的。没错儿,我从外面看到那个紫色的房间了,窗帘都还挂着,只是歪歪扭扭的,还显得又破又旧。

　　我心里开始打鼓了。这里边有点儿不大对头,非常不对头,小塔楼出事儿了。可是我又想了想,说不定我走错了?峡湾街2号,没错啊,是这个地址。

　　可是,海德薇在哪儿呢?我一边想,一边走到破窗户前,把手伸进去,摸到了窗户上的把手。我用颤抖的手把窗户打开。

　　我悄悄地爬进了屋,全身发抖,心都快跳到嗓子眼儿了。

　　我先站在地板上定了定神儿,然后立即感到了一股凉气,我的嘴里直冒白烟。当眼睛慢慢适应了房间里的黑暗之后,我才看清这里到底是个什么样子,不由自主地大叫了一声。

　　这里的一切都令人无法辨认。绿色的墙纸变得破败不堪,柔软的沙发布满了斑点,清洁的地板上覆盖着灰尘。我诧异地眨了眨眼。不对呀,那个舒适的房间怎么不见了?

我是两天以前到这里来的。这几天究竟发生了什么事？

是，我没看错。房间里布满灰尘，我居然还在一个角落里发现了老鼠屎。我匆匆穿过走廊，进了图书馆。空空的书架上见不到一本书，所有的家具都被堆在墙角，只有那把摇椅还立在原地，上面盖着污浊的灰尘，还有磕碰时留下的伤痕。记得在和海德薇捉迷藏时，我就曾经看到过它破旧的样子，不过只有短短的一瞬间，当时我还以为自己是被灯光照花眼了呢。

不对，我可能是在做梦，我马上就会醒过来，马上！

我又穿过走廊，推开了厨房门。那个漂亮的蓝厨房，那个我和海德薇在一起开心地喝可可奶的蓝色厨房已经面目全非了。冰箱里生满了锈，屋顶下悬挂着蜘蛛网。

忽然，我听到了慌张的喘气声，但立刻发现这是我自己的。

紧接着，我又听到身后传来开锁的声音。

我听见钥匙孔里的钥匙来回转了几下的声音，大门就开始吱吱作响。有人进来了。我在厨房外的走廊里瞥见地板上有个人影，马上躲到了门后。这是一个大人影，估计是个男人。他沉重的脚步落在地板上。

脚步声越来越近。我全身绷紧，屏住呼吸。

那个影子继续往前挪着，好在没进厨房，我松了口气。

我左右查看，想找个更好的地方藏起来。因为如果这个人又往回走的话，他立刻就会发现我。

藏在厨房的柜子里可能对我最合适。我踮着脚尖走过去，打开了一扇柜门，钻了进去。橱柜里一股发霉的气味儿令人作呕。我尽量缩起身子，低下头，弯着膝盖。即使这样，我的身体还是不够小。一直都希望快长个儿的我，突然觉得自己太高大了。无论我多么拼命地把胳膊和腿蜷缩在一起，它们还是太长太大，柜子的门还是关不上。

脚步声渐渐靠近。那个男人正在往回走，走进了厨房。我想用力拉住柜子门，可是门的把手在外面，里面光秃秃的，没有地方可以抓。我坚持不住了。吱的一声，柜门慢慢地开了。那个男人站在我眼前。

我闭上了眼。完了，我被发现了，完了……

"朱利安？"

一个熟悉的声音，一个非常熟悉的声音。我睁开了眼，是他，是亨利。

他先是惊讶地看着我，紧接着眯起了眼，神情里带着不悦，声音更加低沉了。

"我告诉过你不要来这里。这里没你什么事儿。"

"我知道，"我说，"对不起。"

我爬出橱柜，站到他面前，盯着地板。

"告诉我,你来这儿干什么?"亨利说,"这是我的房子,我不希望其他任何人到这里来。"

"你的房子?"我惊讶地张大了嘴,"可你为什么不住在这儿呢?"

亨利转过头去,他的脸仍然留在阴影里。

"我受不了,"他说,"我在这儿的时候,心里只想着我妹妹。"

"你妹妹?"我说。我的声音几乎令人听不到。

"海德薇,"他说,"她是我的小妹妹,直到现在我也忘不了她,就好像她仍然在这儿跑来跑去似的。"

我仔细琢磨着亨利说的话,心里七上八下的。

"那你妹妹现在在哪儿?"我勉强地挤出几个字,"如果她不在这儿的话。"

"在墓地,"亨利说,"海德薇死了。"

"死……死了?!"

"她是在快要满十周岁的那年圣诞节前夕去世的。"亨利说。

他的脸痛苦地缩成一团:"这是五十年前的事了。"

"什么?"我说。

"到今年,正好是五十年。"

"不!"我说,"这不可能?!"

"是真的。在我很小的时候,我妹妹就去世了。"

"不,不可能!你没有妹妹!海德薇不是你妹妹!这不可能!"

我拔腿跑了出去。我要远离亨利,远离小塔楼,远远地离开这一切。

第十八章

我在泳池里来来回回地游着。一个接一个地来回。我把大半个脑袋埋进水里,让水波拍打我的脸,像只受伤的海豚。

游泳池成了我唯一可以待的地方,我又蹬了一下水。

唯一的地方。

家仍旧是那么凄惨冷清的地方,放了假无处可去的我想过要找约翰玩,但却又不好意思,因为我觉得自己不是个称职的朋友,即使是送给他圣诞礼物也无法挽回了。

前一阵,我最常去的地方就是小塔楼,可现在它已不复存在了。我唯一的朋友是海德薇,她也无影无踪了。不知为什么,我还是放不下这个念头。我唯一的朋友海德薇,她怎么可能是……是个鬼魂……

不应该,这根本不可能。坐落在那个花园里的小塔楼是那么美丽宁静,每个房间、每个角落都在期盼着圣诞节,可它们怎么可能是积满灰尘和蜘蛛网的废墟呢?另外,海德薇是那样的生机勃勃,她明明可以和我一起玩,我甚至可以看到她脸上的笑容和鼻子上的雀斑,她怎么会在五十年前就已被埋葬了。这怎么可能呢?!

然而这一切的一切就是我必须接受的真相,小塔楼和海德薇都曾活灵活

现地存在过，就和现在的我一样。小塔楼是我去过的最温暖舒适的地方，海德薇是我见过的最充满活力的女孩。

我太想念她了。面对如今这些鬼屋鬼魂的，她该怎么想，又会怎么说呢？

我想，她准会大笑起来，笑得露出那大大的牙缝，扬起她那布满雀斑的脸，然后她会说……对，我知道她会说什么……她会说：太棒了，如果能有这样的事情发生，那真是太棒了，尽管这不太可能。

其实，天地之间的事情要比咱们知道的多得多，许多事情咱们都弄不明白。正因为世界上充满了莫名其妙的事情，所以生活才会这么有趣，难道不是吗？朱利安，生活真是太有意思啦！

她一定会这样说的。

可是她不在这儿了，她也不会对我说什么了。

她死了，被埋葬在墓地里，就像我姐姐六月一样。

我再次躲进游泳池，脑海里有一串串的问号相互碰撞。为什么我会遇上海德薇？为什么她把鼻尖紧紧贴在玻璃窗上，站在游泳池外望着我？她能帮助我吗？还是我可以帮助她？

哎，别去多想了，没有任何意义。

不管怎么说，与海德薇相识、相伴的那段时光，是我回忆里最开心的日子，甚至一度觉得所有事情都会慢慢变好，觉得今年说不定也能有个美妙的圣诞节。然而，此刻想来，海德薇的出现倒像是一场恶作剧。

生活不会变好，圣诞节也不会更快乐。

我在救生员的催促中慢吞吞地离开游泳馆，无精打采地往家走。今天不太冷，街道上融化的雪变成了灰黑色的雪浆。我的棉鞋里进了水，感觉湿乎乎的。

是啊，雪其实就是水，水跑进了鞋里可真让人难受。

我独自一人在厨房里吃了点儿薄脆饼干当晚饭。

那个圣诞蜡烛台还在餐桌上摆着，还有那四支白蜡烛，至今还没人把它们换成紫色的，或是想起要点燃它们。看来，桌上真的没必要摆上蜡烛台，也根本没必要过圣诞节。

我大步走到餐桌前，取下那四支无辜的蜡烛，扔进了垃圾桶。

明天就是平安夜了，可在我们家里却找不出半点过节和过生日的气氛，一切都像是普普通通的一天，一个普通的月份或者星期一。

反正我尽力了，其他人都不愿意过圣诞节，我也没办法。

我再也不想啃这块冷冰冰、硬邦邦的饼干了，又把它扔进了垃圾桶，我甚至没在睡前和爸爸妈妈说晚安。自从六月去世以来，我从来没有这么伤心、这么生气过，而比过去更糟糕的是，现在连个安慰我的人都没有了。

太伤心，太生气，我绝望得说不出话，流不出泪，睡不着觉。

可是……正当我觉得一切都没有希望的时候，房门被推开了，一双小脚丫蹭着木地板慢慢移到我的床边，我转过身，原来是我的小妹妹八月。

"嘿。"她小声说。

"嘿？"我也小声说。

"你也睡不着吗？"她小声说。

"睡不着。"我也小声说。

"我总想着圣诞节。"她说。

"是吗？"我说。

"今年不过圣诞节了，"她说，"六月不在了。"

"哦，"我说，"当然了。"

"我可以睡在你旁边吗？"她问。

"……当然了。"

她爬上床，紧挨着我，就像原来我常钻进六月的被窝一样。

她的头靠着我的下巴，柔软的头发扎到我的鼻孔里，痒痒的。我闻着她身上的味道：一种熟悉的，混合着肥皂、牛奶和橡胶靴的柔软气味。这是世界上最好闻的味儿。

我听着她放慢的呼吸，直到相当平静。她睡得真香。

我搂着她，慢慢进入了梦乡。

当我第二天早上醒来时，八月还在沉睡中。天色渐渐明朗，几束晨光透过窗帘落在她的小脸上。她咕噜了几声，翻了个身，又睡着了。

我躺在床上注视着她，熟睡中的她显得更小了。我小心地抽出一只胳膊搂住了她，决心一定要好好照顾她，因为现在只有我可以安慰她了。

今天是平安夜，而她只有我。圣诞夜是我的生日，这倒也不重要。可我妹妹八月今年五岁。当你只有五岁的时候，没有什么比圣诞节更重要了。

我钻出了被窝。这时八月也醒了过来，她揉了揉眼睛。

"接着睡吧。"我说。

"你去哪儿？"她问。

"我有点儿事儿。"

"什么事儿？"

"别问了。明天就是圣诞节了，今天是平安夜，人们在圣诞夜这天是允许保守秘密的。"

"圣诞夜，"她说，突然从睡意中清醒过来。

"对，圣诞夜。"我说。

我对她笑了笑，弯下腰，紧紧地拥抱了她，之后准备立刻出门。

"咱们家过圣诞节吗?"她问。

我点了点头:"我向你保证。"

是啊,我们家要过圣诞节,为小妹妹八月过圣诞节。

我心里已经有了一个计划。

第十九章

我气喘吁吁地跑到亨利的印刷厂。大门开着,他可能还在工作,尽管今天是圣诞夜。我猜对了,只见他正弯着腰站在机器旁,手里还拿着一大摞发亮的相纸。他看上去很伤心,动作很沉重。他没听见我进门,直到机器停了下来才发现我。

"朱利安,"他说着放下手里的相纸,脸上露出了喜色,"你来啦,太好了!"

他朝我走了一步,伸出了手:"我正想跟你聊聊呢,可不知道你在哪儿住。上次我把你吓坏了,真过意不去。不过那天发现你在那儿,我真是又生气又担心。万一把你伤着怎么办?!那座房子早已破旧不堪,地板也都糟了,一不小心你就能掉下去……最让人心酸的,是我在那儿又想起了我妹妹。"

我也朝他走了一步,握住了他伸出的两只手。

"您能跟我说说她吗?"我问。

"说说海德薇? 能啊,朱利安……当然可以。"

我们又坐在屋角的餐桌旁,亨利又拿来果汁给我喝。今天我要慢慢地喝,静静地喝,我要一字不落地听他讲。

"五十年前的今天,"他说,"就在今天,她和我,我们一起买好了圣诞树,然后把它放在雪橇上拉回家。那天晚上,整个小塔楼都被布置好了,楼里的每个房间都充满了圣诞气息,你简直无法想象该有多漂亮,最后只剩下装饰圣诞树了,那是我们全家四口每年都要一起做的事。"

"可以想象,"我说,"至少我觉得我能……"

他带着有点怀疑的神色看了我一眼,随后继续说:

"装饰好圣诞树,爸爸妈妈还要去完成最后的圣诞购物,我们小孩子就没事了。那时候,孩子们常聚在一起去湖上滑冰,看谁滑得最远谁就最勇敢。"

他停了一下,不再看着我了,像是自言自语。

"她穿着红外套，"他说，"她滑得特别好，一转起来就像个小陀螺似的。"

"这和我猜的一模一样！"我说。

"你说什么？"

"噢，没什么。"我说。

他看了我好一阵儿，然后慢慢地接着说：

"我万万没想到她会滑出那么远。她其实不是那种爱逞能的人，可能因为她太热爱滑冰了，不知不觉地就滑出了老远。"

我屏住了呼吸。

"当时我正忙着干别的。"亨利的声音越来越小，"正跟一个同班同学说话，突然发现她已经滑出了那么远。一层浓雾笼罩着冰面，我几乎看不到她了。我大声地哭喊：'海德薇！'没有回音。也许是冰鞋的摩擦声音太大她听不到我的喊声？我再次大声呼喊，还是没有回音。接着……"

亨利盯着杯子里的果汁，没有喝下去，我看到一颗大大的泪珠从他眼里流下来："接着我听到一声尖叫。"

"是她？"

"一声短促的尖叫。她掉进了冰窟窿里。"

"她不会游泳吧。"我问。

他敏锐地看了我一眼："你怎么知道的？"

"我不知道,"我赶紧说,"只是瞎猜的。"

"这时候,我拼命地向她滑过去。远远望去,她的胳膊在水面挣扎,却听不到声音。你知道,快被淹死的人是不出声的。我更加拼命地向她滑过去。"

"然后呢?"我小声地问。

"很快,我就连她的胳膊也看不见了。

我们四处寻找,找到她时已经太晚了。"

亨利突然站起身来,好像再也坐不住了。他快步走进后面的一个房间。我听见他打开抽屉,取出了一样东西,然后回到我身边。

"这是她的冰鞋,我一直保留着。"他说,"当我们终于找到她,把她从水里拉上岸的时候,她脚上还穿着这双冰鞋呢。"

海德薇的冰鞋……我第一次来这儿的时候,就看见亨利对着这双冰鞋发呆。

他把冰鞋放在我们俩中间的桌子上。

我抬起手,轻轻地用手指抚摸着冰刀上的齿纹。

"我也一直保留着那座房子,"亨利说,"尽管它已年久失修,摇摇欲坠。"

"那你为什么不搬进去住?"我问。

他清了清嗓子,扭过头去。

"因为我总觉得她还在那儿,"他说,"她还在每个房间里悠闲地四处走动,就像她还不想离去似的。这种感觉始终跟随着我。我想,世上没有比我妹妹更热爱生活的人了。"

"是。"我说。

我的心跳得更快了。如果说谁最热爱生活的话,那一定就是海德薇。

"你知道吗? 有时候我甚至觉得能看到她。"亨利继续说,"看到她站在墙角儿的身影,还有她那头红发。"

他再次转向我。

"你可能觉得这一切听起来都很愚蠢,"他说,"好像我相信鬼魂似的。"

"不不,"我说,"我不觉得这些听起来很愚蠢。"

他笑了,眼里闪出一道亮光。现在我忽然发现了他像谁,他虽然已经五十多岁了,可他的眼睛和海德薇的简直太像了。

"谢谢你,朱利安。你是个好孩子。你的朋友们肯定都喜欢和你在一起。"

"我不知道。"我说,"我或许不是世界上最好的朋友。我……不怎么好。"

他看着我,就像能把我看穿似的。可我并不害怕,因为他似乎能明白我。

"如果你曾做过一些使你后悔的事,那是可以纠正,可以补偿的,"他说,"如果大家都是好朋友,他们是会原谅你的。"

我点了点头。是这样,我必须纠正,必须补偿。

突然,我想起一件事,这件事必须在今天做。还有,一定别忘了要为妹妹过这个圣诞节。

"您……您觉得可以借给我这双冰鞋吗? 只借今天一个上午?"

亨利低头看着冰鞋,用一个手指头摸着那白色的皮革。

"你想借这双冰鞋?"

"是,是为了向一个朋友道歉。"我说。

他吸了口气,好像要问什么,但又改变了主意。

最后他说:"你不是无意中走到小塔楼的吧?不是只为了好玩儿才去那儿的吧?"

我摇了摇头:"不,不是。"

"这么说,你是知道海德薇的了?"

我点了点头。

他把冰鞋塞给了我。

"我可以把这双冰鞋借给你。可我希望有一天你能把一切都告诉我。能保证吗?"

"我保证。"我说。

再没有什么事能比讲述海德薇的故事更让我心甘情愿的了。

"不是因为这双冰鞋你今天才到我这儿来的吧?"亨利说。

"不是,"我说,"是因为您的这个打印公司。"

现在我有点儿迫不及待了。

"我想请您帮我印一张圣诞卡,"我说,"不,不对。我想请您帮我印一大堆圣诞卡。"

第二十章

我先听到了小妹妹在大门外的动静,然后又听到爸爸和妈妈站在台阶上准备开门进屋。虽然今晚是平安夜,他们还是照常去上班,妹妹也去了幼儿园。正好,我可以用一整天的时间在家里做自己想做的事。现在,我终于把一切都准备好了。

我一直坐在沙发上等待,身体就像一张绷紧的弓。

我听到开门的钥匙声。他们进来了,打开走廊的灯。我听到电灯开关的咔嗒声,接着从门缝里射进一缕灯光。在没有打开客厅的大门之前,他们不会觉察到今天我都做了些什么。

他们轻手轻脚地在挂衣服,也许他们发现了什么。

他们走进客厅,打开灯,爸爸、妈妈和小妹妹站在一起,他们简直不敢相信自己的眼睛:客厅里挂满了圣诞卡,大的、小的,金的、银的,彩色的、黑白的,闪光的和不闪光的。每一张都那么漂亮,每一张都印着同一个女孩的照片,只有亨利能做得这么好。

"姐姐六月!"小妹妹喊道。

是我,把家里整本的相册交给了亨利,然后我们一起从中挑选出许多姐姐的照片。其中有的是她刚出生的时候,有的是她两岁还拖着尿布的时候,有的是她上一年级的时候,还有的是她过生日的时候。大多数照片上的她总是在笑着,甚至是大笑着,就像我记忆中的那个模样。

但并不是只有六月一个人的照片,还有她和我们的合影。其中有一张是妈妈把她搂在怀里,一张是爸爸和她打羽毛球,一张是小妹妹趴在她的肩膀上,还有一张是我和她头发蓬乱,还没起床。

小妹妹跑到这些卡片前,把它们一一摘下来看着:"真好看! 太好看了!"

爸爸妈妈没说什么,只是在客厅里走来走去。他们停在每一张卡片前,停在我姐姐的每一张照片前,用手指轻轻地抚摸,抚摸着六月的笑脸。

小妹妹摘下一些卡片,把它们摆成了一堆。

"我能要这个吗? 这个? 还有这个?"

"可以啊,"我说,"拿去吧。"

小妹妹开心地笑了:"你真好!"

可是爸爸妈妈还是什么都没说。我站了起来。

"你们也想要几张吗?"我问。

他们没做回答,只是脸色苍白地在卡片之间穿梭。

我的心跳得越发快,也越发沉重。他们还是什么都没说,他们还是什么都不明白。我看,我只得更加主动点儿了。

"我听了你们的话,"我说,"不要总提起六月,要耐心等待,时间会慢慢地让我忘掉悲伤……我试过了,这不可能。"

说到这儿,他们一起看着我。

"因为我不想忘掉我有多么难过，"我的声音变高了，"我也不想忘掉六月是多么快乐。我会记住这一切。六月永远在这里，虽然她已经去世了。我不相信死去的人就从此消失了。他们仍然还在这里……"

我几乎大声地喊起来："姐姐永远和咱们在一起！"

我盯着他们，先是妈妈，然后是爸爸。我觉得自己的目光格外严厉，至少他们看上去都非常吃惊。

"所以，我决心不再沉默下去了。相反，咱们每天都要提起六月，每天都要看她的照片，每天都要想着她。正因为她原来那么开心，咱们也要重新开心起来。"

我闭上了嘴。我说完了。现在我再也没有什么想说的了。自从六月去世以来，我没说过这么多的话。也许，也许从来都没有过。

爸爸妈妈还在盯着我。他们交换了一下眼神，又开始盯着我。

"朱利安说得对。"小妹妹说。

妈妈张开嘴想说什么，爸爸也张开嘴想说什么。可他们谁都没说什么。

我真的生气了。

"你们为什么只是呆呆站着不说话？"我说。

爸爸向我迈出了一步，只是一步。

"朱利安。"他小声说。

听上去平平淡淡的，又像是复制品的声音。

"你们先好好想想今后应该怎么过吧。现在我得走了。"

"走？"妈妈问，"你现在打算干什么？"

"我必须要去做一件事，"我说，"是我和朋友的事，和你们没关系。我要去见一个朋友。必须今天，必须现在就去。"

我走到门口，迅速穿上鞋子和外衣，抓起背包冲了出去。

"朱利安？"小妹妹喊着。

妈妈也跟着跑了出来。

"等一等，朱利安！"

可是我没有时间了，没有时间去想他们有多么愚蠢，没有时间去为连圣诞卡都无法改变他们而感到难过，我没有时间再继续生气了。

我在夜幕中狂奔，不时扶一下肩上的背包，我想拿给海德薇的冰鞋就在里面。

第二十一章

我一口气冲到了墓地，跑出了一头汗，身体却暖乎乎的。这时的墓地在黑暗中沉睡，许多墓碑前都点着蜡烛，烛火摇曳如同星光。我摸索着找到了六月的墓碑，在那儿坐了一会儿。

六月的坟墓看上去又灰暗又孤独，我真希望身边有盏蜡烛灯，但现在顾不上那么多了。我不是为这件事来的。我转过身，望着那一排排多得有点儿数不清的坟墓，又透过灌木丛看到远处的峡湾。

只要一想到，海德薇就是在那儿沉下去的，我就感到浑身发冷。

我走走停停，时不时地看一眼墓碑上刻的名字。这么多的名字，这么多人死去。大多数人还是挺长寿的，都差不多七八十岁，但也有不少小孩子，他们的出生和去世的日期之间只相隔几年。每当站在这样的墓碑前，我都会感到无比伤心。

海米娜·克拉森（Hermine Claussen），1958—1966

佩德·伯格（Peder Berg），1932—1941

克拉拉·阿格特·西斯特鲁普（Klara Agate Kjelstrup），1925—1929

除了死者的姓名以外，有些墓碑上还刻有短句或小诗：

热爱与怀念

在回忆中相遇

藏在心中，永不忘记

甜蜜地安息，小宝宝

被爱的人永远不会被遗忘

时间从我身边悄悄溜走，我是在这儿待了几分钟，还是几小时？

也许我根本找不到海德薇的坟墓。这里的坟墓太多了，名字太多了，死去的人也太多了。

我停下脚步，觉得越来越冷，几乎都快冻僵了，只见从我嘴里冒出的凉气在黑夜中打转转。背包里的一只冰鞋还摩擦着我的肩膀。这里的坟墓实在太多，我走得晕头转向，越走越觉得肯定找不到海德薇的坟墓了。

　　正在这时，传来一阵轻柔的脚步声。

　　我立刻转过身，瞥见树丛中的一个人影，听到一个微弱的声音：

　　"就在这儿。"

　　我立刻朝着那个声音走过去。

　　"喂？"

人影消失了，我顺着声音传来的方向继续走，直到看见眼前的墓碑上刻着：*海德薇·汉森（Hedvig Hansen），安息吧！*

我站在原地，止不住地颤抖。在此之前，我始终希望海德薇没死，那些故事都是瞎编的，我仍然希望能见到那个活蹦乱跳的海德薇，而不是躺在冰冷墓地里的她。

我不愿相信海德薇就躺在这里。

尽管我认识的她已经死去了，但只要我闭上眼，她还是那副朝气蓬勃的模样。我无法相信真正的她现在正躺在地下腐烂。她明明就在我身边。

不，她就在这里，一定是的，她肯定就在附近。

一道阴影掠过矮树丛向我移动，那轮廓在月光下渐渐清晰起来：红外套，满头鬈发，鼻尖的雀斑和那双明亮无比的大眼睛。她看起来没变，只是眼里的开心不见了，目光中充满了哀伤。

她再也不必解释什么，因为即使什么都不说，我也完全能理解她的心。

"海德薇，"我说，"对不起，我说了那些蠢话。其实我不是那个意思。真的。"

我朝她走过去，想紧紧地拥抱她。但她好像在阻止我，她好像有话要说。这是我第一次看到她这么结结巴巴的。

"那……那不是你的错。"她说。

"是我的错。"我说。

"不，是我自己的错。"

我不太明白她的意思，她可能已经看出来了，所以她接着向我解释。

"我只是太怕死了，"她说，"生活那么美好，至少我的生活很美好。朱利安，我是那么热爱生命。"

"他也是这么说的。"我说。

"亨利？我哥哥？"

"嗯。"

"我觉得，如果这里还有其他人的话，我还是会继续生活的。我一直在等待。可是在你来这儿之前，没有人能看到我，也没有人能听到我，也许只有亨利。我经常试着和他联系，有几次我都觉得他看着我呢，那我就特别高兴。"

"他是……"我说。

她高兴了起来："我就知道！"

"可这件事让他很伤心。"我说。

她的笑容消失了："哦……"

"他希望你能继续往前走，"我忍住泪水，"这也是我的希望。"

其实这不是我的愿望，因为我知道今后自己会多么想念海德薇。但是为了她，我必须这么说。

"我有件东西要给你。"我说。

我放下背包，找出她的冰鞋。看到冰鞋，她大惊失色。

我把冰鞋递给她，可她没有接过去。

"我要冰鞋干吗？"

"五十年前的今天，"我说，"就是今天下午。"

"我知道，"她说，"我一直都在数着呢，每一年，每一天，甚至每一个小时地数着。"

"你先不用把冰鞋穿上，"我说，"可咱们俩可以去趟峡湾。"

"峡湾？"她突然颤抖起来，好像大风要把她吹跑似的。

"咱俩一起去，"我说，"你现在先不用做什么决定。"

第二十二章

没等海德薇回答，我就开始沿着小路往下走。这条小路一直伸向墓地围墙的一扇门，再往下走就到了岸边。我没回头，只听见海德薇踏在雪地上的脚步声，声音虽轻，却清脆而富有节奏。

我停在岸边，望着冰面。这时的冰面被白雪覆盖，但很多地方的雪已被清理，变成了小冰场。我沿着结了冰的峡湾往前走，偶尔转一下头看她是否还跟着我。她跟在我身后，用恐惧的目光盯着冰面。

看到她这个样子，我心如刀绞，但仍然坚持往前走，因为我知道这对她而言是最好的选择。冰面上有一条已被清理出的小道，静静延伸向一望无际的远方。我终于停下脚步，转身看着海德薇，现在我明白了，五十年前的她就是在这样的冰面上遇难的。

我深深地吸了口气，把冰鞋递给了她。这次她接了过去，可是没有看我。

她的脸上毫无表情，就像这冰冷的峡湾一样。

她坐在岸边的岩石上穿好冰鞋，我站在原地看着她，内心翻江倒海，不知道手该往哪里放，是把它们揣在口袋里，还是就让它们直直地垂在身体两旁？

我忽然有种想哭的感觉，我不想她消失，我想永远和她在一起，五十年，或者一百年。可我什么也没说，为了她，我什么也不能说。

　　她穿好了冰鞋，从石头上站起来，站在冰面上，站在我面前。她的目光正面迎上了我的，我看见泪珠从她的眼里滚落下来。她用手捂住脸，想把止不住的泪水擦干。

　　"我不是现在非得走。"她用一种几乎听不见的声音说。

　　"我不是非得走。我可以在这儿多待一阵儿，至少待到明天，或者待到过完圣诞节。咱们还可以一起去小塔楼喝可可奶。最后去一次，行吗？"

　　我真恨不得马上对她说："行行行，哪怕就喝一杯，再没有比这更好的了！"

　　"不行，"我对她说，"这不可能，你自己也知道。因为我再也看不到小塔楼了，看不到原来那样的小塔楼了。很快，我也会永远见不到你了。"

　　我压抑得太久，胸口气闷得很，此刻只想大声喊叫，但还是用力保持呼吸平稳，保持冷静："你必须得走了，海德薇，必须！"

　　她点了点头，眼泪止不住地往下流。当她弯下腰拥抱我时，我的脸碰到她潮湿的面颊。我们的泪水再次混合在一起，谁都没想去把它擦干。

　　她拥抱着我，长久地拥抱着我。现在的她是温暖的，是充满生命气息的。

　　"再见了，朱利安。"她说。

　　"再见，海德薇，"我说，"我会非常非常想念你。"

又下雪了,轻盈纤细的雪花从天而降。海德薇用自己的手套接住雪花,然后拉着我,让雪花也轻轻地落在我的手套里。

　　"每当下雪的时候,你都能想到我,"她说,"每一片雪花都是我。"

　　"你是我的雪地天使。"我说。

　　海德薇点点头:"是,我愿意当你的雪地天使。"

　　"再见,雪地天使,"我说,"我们再见啦!"

　　"再见!"

　　海德薇吸了吸鼻子,最后一次擦干她的面颊,然后转身向峡湾滑去。

　　她滑出第一步时步子好像不太稳,却仍然滑出了一米多,第二步时就稳多了,第三步则滑得充满信心,唰的一下就滑得很远,飞扬的雪花把她带到了更远的冰面。

　　她再也没有回头，我只能看到她的背影，还有她那件红外套稳稳地向前移动。我还能听到她的声音，两只冰鞋在冰面上歌唱。

　　现在她走了，我默默地对自己说，现在她消失在了黑暗中，现在她掉进了冰窟窿里，现在……

　　突然之间，云消雾散，透过云层的缝隙我看到了天空。

　　一颗清晰闪耀的星星照亮了整个冰面。只见海德薇嗖嗖地向着光束滑过去。这颗明星越来越亮，仿佛是个悬挂在夜晚的太阳。

　　很快，海德薇就滑到了光晕中心。她慢慢滑进光束里，然后转过头冲我笑。她看上去那么开心快乐，像光束一样闪亮！

这时候，冰面上又出现了一个人。我没看清她从哪儿来，只见她也突然滑进了光芒。那是个女孩儿，比海德薇大。她的笑容里洋溢着自信和快乐，就像是在对我说："放心吧，一切都会好起来的。"

她就是六月，我最爱的姐姐！

我们拼命地向彼此挥手，然后她转向海德薇，握住海德薇的双手。她们一同站在光芒里，彼此凝望，好像是在彼此熟悉。

接着，海德薇开始朝着六月微笑，她们在冰面上盘旋，翩然起舞。

起初，她们只是缓慢地旋转，一圈又一圈。

突然之间，她们加快了速度，一圈接着一圈，谁也没有跌跌撞撞，谁也没有摇摇晃晃。

一圈又一圈。

快点儿，再快点儿。

远远望去，她们配合默契，如同一人。她们越转越快，没过多久，她们盘旋的身影就变成了色彩鲜亮的大陀螺。

雪花伴着她们的舞步在冰面上飞扬，六棱花瓣折射出美丽的光芒，把她们的四周照得闪闪发亮。渐渐地，雪花像一层薄薄的云雾，把她们笼罩其中，除了那些在空中旋转的水晶，我什么也看不到了。

云雾渐散，雪花重新落回冰面。六月和海德薇都不见了。

唯一留在冰面上的是雪花。

夜幕再次覆盖住星光，所有的光亮都无影无踪了。

　　我独自站在岸边。能在昏暗的寒冬夜晚再次见到姐姐，我真是高兴极了！

　　可我却又止不住地流泪，我太想她了，六月，我姐姐。

　　我想念着关于她的一切，她的笑容，她的眼泪，还有当我害怕的时候，她把我搂在怀里的温暖臂膀。现在，只剩下我一个人了，连海德薇都不在了。

　　是啊，只剩我一个人了。

　　正当我沉浸在狂喜与失落中时，身后的墓地里传来了三个熟悉的声音。一个细弱，一个明亮，一个深沉，都是我最熟悉的声音。

"朱利安!"他们喊道。

"朱利安,你在这儿吗?"那个深沉的声音喊道。

我不知怎么回答才好。

"朱利安?"那明亮的声音喊道,"朱利安,我们的好孩子!"

"哥哥,哥哥,你在哪儿呢?"那细弱的声音喊道。

我打起精神大声答道:"爸爸、妈妈、小妹妹,我在这儿呢!"

我跑上了通往墓地的小道,看到他们三个正穿过翩飞的雪花,穿过墓园的小径向我跑来。我用力抱住他们。我的天使们,我最珍贵的亲人,我的爸爸、妈妈和小妹妹。

我紧紧地搂住他们,他们也紧紧地搂住我。我在他们怀里号啕大哭,流出的却是幸福的泪水。

我并不是孤身一人。我有他们,我有爸爸、妈妈和小妹妹。

第二十三章

睁开双眼时，我忽然记不起今天是什么日子了。我把两手伸向脑后，在床上使劲伸了个懒腰，刹那间觉得身体从睡梦中清醒过来，整个人从头到脚都变得精神起来。

我跳下了床。几个月来，我一直感觉心里沉甸甸的，就像……就像背着个沉重的包袱。可现在这个包袱消失了，我觉得自己轻盈得几乎可以飞起来。

我光脚站在地板上，轻松地做了个深呼吸。我敢肯定，假如现在有人给我一双翅膀，我立刻就能飞起来。现在我想起来今天是什么日子了。

今晚就是圣诞夜，也是我的生日。想到这儿我不禁打了个哆嗦，从前那种不踏实的感觉又回来了。

如果……如果我们家还没布置任何圣诞饰品，如果爸爸妈妈还像那些奇怪的复制品，如果他们已经忘了我们昨天所说的话，如果家里的一切都依旧是暗沉沉的……

我小心翼翼地打开房门，蹑手蹑脚地经过走廊，竖起耳朵聆听。

四周鸦雀无声。

我悄悄走向楼梯,在我每年圣诞都要驻足的地方停下了脚步,竖起耳朵听。

是……音乐?!

美好的生命,

　神圣的灵魂,

　　崇敬的大地。

　　……

动听的歌声令人颤抖,壁炉里燃烧的木柴噼里啪啦,壁炉架上的小天使叮咚作响。

这是属于圣诞节的声音!

我飞快地跑下楼梯,想用鼻子闻一闻圣诞的味道——圣诞树上的松枝,香火架上的熏香,还有姜饼、柑橘、桂皮和可可奶,所有这些味道统统都在,一样都没少!

我再也等不及了,三步并作两步地冲到了客厅。

推开门的瞬间,我被眼前的景象惊呆了。客厅里的一切都被笼罩在温暖美好的气息中,那么温馨,那么绚丽,金光闪闪,美得几乎令人窒息。

高大的圣诞树光芒四射,深绿的松树枝坚挺浓密,树上一层层的小彩灯、小星星、小红心、小国旗和小圣诞老人,和往年的一模一样,甚至更加漂亮了。

我敢说这是我见过的最漂亮的圣诞树,尤其是当

我看见姐姐六月的照片——就是那些亨利和我印制的圣诞贺卡——也被挂在了树枝上时。我仰起头，看见在小彩灯中闪闪发光的姐姐正对我绽开灿烂笑容。

客厅的四周布满了圣诞装饰品，也仿佛都在微笑着。和往年一样，大窗户前吊起了缠绕着红丝带的绿松枝，壁炉旁的柜子上放着一张圣诞婴儿床，壁炉架上摆着好几个圣诞小人，它们都是从前我和六月、八月一起做的。

圣诞蜡烛台被摆在了桌子中央，今天它看上去格外金光闪闪，上面还插着四支崭新的紫色蜡烛。我感到一阵狂喜掠过心头，终于要过圣诞节了！

真的要过圣诞节啦！

接下去的事让我更高兴——爸爸、妈妈和小妹妹正朝着我走来，他们都

还穿着睡袍呢。他们看起来精神极了，就和以前一样。

爸爸、妈妈和小妹妹轮流拥抱着我，"祝你生日快乐。"妈妈说。

"祝你圣诞快乐，可爱的圣诞宝贝。"爸爸说。

"祝贺祝贺！"小妹妹说。

我们围坐在丰盛的早餐桌旁。桌上摆满了奶酪、柑橘、肉肠、坚果、鲑鱼、腌肉、炒鸡蛋和其他许多美味佳肴。我们放开肚皮吃，我敢保证，这是我这辈子所吃过的最美味的早餐。

当我撑得肚子都快爆炸、可可奶喝得都快变成巧克力时，我放下了手里的杯子，看了一眼，爸爸、妈妈和妹妹，现在他们就像三只快乐的小鸟。

"嘿。"我说。

他们一起把头转向我。

"我有一个愿望，"我说，"是圣诞节的愿望。"

"礼物我们都已经买好啦。"妈妈说。

"我说的不是礼物，"我说，"至少是不能用钱买到的礼物。"他们疑惑地望着我。

"我希望能和你们一起去一趟墓地，就今天下午。我想去墓地探望姐姐。"

第二十四章

吃完早餐，我穿好衣服出去了。爸爸、妈妈和妹妹还在为圣诞节做最后的准备，而我另有计划，我要去找约翰，他是我最好的朋友。我没有提前告诉他我要去，因为我不敢，我害怕他还在生我的气，不愿意见我。

我一眼就看到了约翰，可他却一直没看到我。他正在花园里玩儿呢，他滚了个雪球，堆了个城堡，背对着马路，那孤单的身影看着让人难过。我匆匆走向他。

"嗨。"我说。

约翰当然没听见，他还在专心地滚雪球呢，雪球在他手里变得越来越大。

"嗨。"我又说。

这回他发现了我，转过了身。

"嗨。"他说。

他吸了吸鼻子，然后又用沾满雪的毛手套擦了擦鼻子，他说不定是感冒了。

我拿出一包礼物递给他。他没接过去。

"这是什么?"他问。

"是礼物。"我说。

"为什么?"

"是圣诞礼物。"

"什么圣诞礼物?"

"我不能说,要不今晚就没有惊喜了。"

"哦。"约翰说。

他终于伸出手,把礼物接了过去。

"谢谢啦。"他说。

"别客气。"我说。

他把礼物揣进口袋里,然后又去摆弄雪球了。雪球越滚越大,显得他的身体愈加瘦小,仿佛即便是拿出吃奶的劲儿,他也推不动雪球。

我鼓起勇气,翻过栅栏门,走到他身边,开始和他一起滚雪球。他没说什么,也没阻拦我。我们一起又把雪球推出了好几米远,每推出一段距离,雪球就会大一圈,原来和约翰一起玩依旧这么让人开心。

最后,雪球已经大到我们挪不动脚步了。

"不可能更大了。"我说。

"是，不可能了，"他说，"对了，我们能用它做些什么呢？"

"嗯，我也不知道，你觉得呢？或许咱们可以堆个雪人，不过那样就需要再多两个雪球。"

那就再接着滚两个吧，这样就可以和约翰再多待会儿了，我琢磨着。

"是……"约翰说，"行吧。"

"或者，"我说，"或者咱们搭一座城堡，那就还需要再多好几个雪球。"

至少还需要八个，这样我就可以在这儿待得更长，也许整整一个小时，我琢磨着。

"嗯，"约翰说，"行……好吧，行吧。"

"对了，"我说，"我知道了，咱们可以搭两座城堡。然后……然后，城堡搭好了，咱们俩就开始打雪仗！"

约翰起先还挺严肃地看着我，后来他实在憋不住了，开始哈哈大笑起来，笑得眼睛里都放出光芒。

"雪球大战，"他说，"那咱们还需要造些手枪和炸弹。然后，咱们再把我们的名字刻在各自的冰雪王国里……"

约翰滔滔不绝地制订着计划，我的话匣子也随之打开。我们聊得高兴极了，一起放声大笑，就像有雪白的大珍珠从我们的声音里滚落出来。

我们继续聊着天，继续大笑着。约翰，我最好的朋友约翰。

我在约翰那儿待了很久，直到天都黑了我才走。我们约好第二天再见面。城堡已经搭好了，明天我们就准备开战啦。

我一路小跑来到墓地。第一眼就看到烛光四起，比昨晚的还要多，墓园的每个角落都被照亮了，和从前的每个圣诞夜一样，许多人都来探望亲人。

我快步走向海德薇的墓碑，发现墓碑前摆着一盏小铁灯，还有一把插着火红浆果的绿松枝。这是最好的圣诞装饰品，也正是海德薇最喜欢的。亨利真是了解自己的妹妹，尽管他们都有五十年没见面了。我抬起手抚摸着墓碑，低声呼唤她的名字：

"亲爱的，亲爱的海德薇。"

我把手心轻轻覆在墓碑上，想起了关于亨利的一切。我应该和他一起来的，我们可以一起打理海德薇的坟墓，我也希望我们能做朋友，亨利和我……我暗暗许愿。

你猜后来怎么样？我们真的成了朋友！亨利又搬回了那座大房子。他捶捶打打、涂涂抹抹地把小塔楼修复得和五十年前一样漂亮，而且还比原来更舒服了……

接下去我还有一段小故事，如果你想听的话：

我继续在墓地里穿行。夜幕降临，来墓园里祭扫的人们慢慢变成模糊的轮廓。忽然，三个熟悉的身影牵引住我的视线——他们是我最最熟悉的人，爸爸、妈妈和小妹妹。

这时候，他们已经站在六月的坟墓前了。我立即朝他们走过去。他们谁都没说话，爸爸伸手把我拉到身边，裹进他厚厚的大棉衣里，一股暖流传遍我的身体。

妈妈拂去墓碑上的积雪，姐姐的名字慢慢在我们眼前重现：六月。

我们四个人弯下腰，开始清理那些落在墓碑上的和坟墓前的残雪。

爸爸拿出五盏小铁灯，放在墓碑前，摆成一个圈儿。

"五盏灯，"他说，"是咱们五个人。"

妈妈拿出一个插着白花的小瓶子，放在五盏灯的中间。

"这是圣诞玫瑰，它能禁得住霜冻。"她说。

"姐姐的玫瑰，"小妹妹低声说，"姐姐喜欢玫瑰。"

然后我们站起身，围在坟墓前。小妹妹和我站在中间，爸爸和妈妈站在我们两边。爸爸妈妈各自向墓碑伸出一只手，另一只手拉着我和小妹妹，就好像我们家的五个人正紧紧拥抱在一起。

"圣诞快乐！姐姐。"我说。

"圣诞快乐！六月。"墓地里回荡着我们共同的心声。

丽莎·艾萨托 （左）

马娅·伦德 （右）

LISA AISATO

MAJA LUNDE

北欧地区赫赫有名的新生代插画师，在定居的挪威岛屿经营着私人美术馆。她曾为多部畅销书绘制插画，她与马娅·伦德合作完成的作品《雪地天使》（*The Snow Sister*）更是荣登 2018 年度挪威童书畅销榜榜首，并获得 ARK 国际童书奖。

挪威青年作家中的后起之秀，擅长用明朗、细腻、清透、充满童趣的文字描绘冰雪中的童话世界。她在纯洁的琉璃世界里寻找人性的光辉与勇气，在爱与死亡的永恒主题中不断探索，塑造了许许多多深入人心的人物形象。她的代表作《蜜蜂的故事》（2015）版权售至 34 个不同国家和地区。

译者简介

张先先出生于一个颇有名望的文化家庭，父亲张洪岛教授为中国音乐界著名老前辈，精通多门外语，母亲刘培荫教授曾为中央音乐学院钢琴教育专家。自 1989 年起，张先先广泛参与中挪文化交流活动和音乐教育事业，曾先后翻译《格里格的音乐与生平》《北欧帕加尼尼》和《聆听格里格》等书籍，2018 年荣获挪威文学基金会颁发的"挪威海外文学译著奖"。

©Text:Maja Lunde
©Illustrations:Lisa Aisato
First published by Kagge Forlag AS, 2018
Published in agreement with Oslo Literary Agency
本书简体中文版权为浙江文艺出版社独有
版权合同登记号：图字：11-2018-552号

图书在版编目（CIP）数据

雪地天使 /（挪威）马娅·伦德著，（挪威）丽莎·艾
萨托绘；（挪威）张先先译. —杭州：浙江文艺出版社，
2020.1（2024.11重印）
ISBN 978-7-5339-5906-7

Ⅰ.①雪… Ⅱ.①马… ②丽… ③张… Ⅲ.①童话
—挪威—现代 Ⅳ.①I533.88

中国版本图书馆CIP数据核字（2019）第225816号

雪地天使
XUEDI TIANSHI

作　　者　[挪威]马娅·伦德
插　　画　[挪威]丽莎·艾萨托
译　　者　[挪威]张先先

责任编辑　王莎惠
营销编辑　张恩惠
封面设计　尚燕平

出版发行　浙江文艺出版社
地　　址　杭州市环城北路177号
网　　址　www.zjwycbs.cn
印　　刷　浙江新华印刷技术有限公司
经　　销　浙江省新华书店集团有限公司
开　　本　787毫米×1092毫米　1/16
印　　张　12.25
插　　页　4
版　　次　2020年1月第1版
印　　次　2024年11月第4次印刷
书　　号　ISBN 978-7-5339-5906-7
定　　价　98.00元

版权所有　违者必究
（如有印、装质量问题，请寄承印单位调换）